La

Morale

sous

les Fleurs

par

Mlle d'Outreban

—

2 x 50

—

Librairie Josserand
Lyon

—

LA

MORALE SOUS LES FLEURS

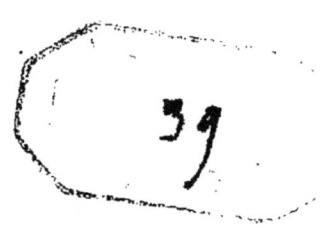

LA MORALE

SOUS

LES FLEURS

RECUEIL

DE PIÈCES

A L'USAGE DES PENSIONNATS DE DEMOISELLES

PAR

MLLE A. D'OUTRELEAU

PRÉCÉDÉ

D'UNE

LETTRE D'APPROBATION DE MGR L'ÉVÊQUE DE NICE

LYON

P. N. JOSSERAND, LIBRAIRE-ÉDITEUR,

3, PLACE BELLECOUR, 3.

1867

LETTRE

De Mgr l'Évêque de Nice

A L'AUTEUR.

Madame,

En examinant votre ouvrage, on s'aperçoit qu'il est composé par une personne qui possède le secret difficile de saisir toutes les occasions pour insinuer dans le cœur de la jeunesse les principes de la religion et de la morale.

Les enfants aiment les récits; mais ils ont une vraie passion pour ceux qu'on leur présente sous la forme de dialogue. — Une institutrice habile comme vous s'empresse toujours de tirer parti de cette tendance de la jeunesse, et y trouve un moyen de graver profondément dans leur âme les réflexions les plus utiles : c'est ce que vous vous êtes proposé dans les délicates pièces que vous offrez aux jeunes filles. La variété des sujets vous a permis d'envisager les divers rapports de la femme avec la société, et vous n'avez pas oublié d'indiquer le noble rôle qui lui est destiné et qu'elle doit sans cesse remplir honorablement. Ainsi vous avez pleinement utilisé le titre que vous avez donné à cet ouvrage, dont la lecture sera pour les enfants aussi utile que charmante.

Je suis persuadé que la *Morale sous les fleurs* aura un accueil très-favorable qui vous engagera à continuer à répandre par vos écrits le bien que vous faites depuis longtemps par l'éducation solide que vous donnez à vos élèves.

Veuillez donc, Madame, recevoir mes félicitations ainsi que les sentiments de la considération très-distinguée avec lesquels je suis

Votre tout dévoué serviteur.

† JEAN-PIERRE.
Evêque de Nice.

Nice, 12 mars 1867.

A MA PETITE NIÈCE

Emma Hibert - d'Outreleau.

~~~~~~

MON CHER ANGE,

Ce n'est pas sans émotion que je te dédie ce
petit ouvrage, composé, il y a quelques années,
pour mes jeunes élèves, parmi lesquelles se trouvait ta douce et pieuse mère. Puisque le Ciel
t'a refusé le bonheur de la connaître, tu trou-
veras, j'en suis sûre, un triste charme à lire les
rôles remplis par elle, et malgré son peu de valeur, cette œuvre aura à tes yeux le mérite de
te rappeler celle à qui tu dois tant d'amour.

Puisses-tu hériter de ses vertus et remplacer
auprès de nous la tendre sœur sur laquelle nous
avions fondé tout notre bonheur ! Puisses-tu
comprendre un jour l'affection que t'a vouée le
cœur de ta tante et dont elle t'offre l'expression
dans ces simples pages !

QUELQUES MOTS

aux petites filles.

Je vous aime, charmantes petites filles. La Providence, en me donnant à diriger un grand nombre d'entre vous, a mis pour vous, dans mon cœur, une véritable tendresse. Aussi, ma plus douce joie, c'est de m'occuper de vous ; et ma plus chère étude, de chercher les moyens de vous rendre heureuses. Ce n'est pas seulement votre sourire d'ange, votre grâce naïve, qui m'attirent vers vous ; c'est surtout le désir d'être utile à votre âme, de coopérer à votre bonheur, en vous aidant à atteindre au but que le Seigneur vous propose : noble but dont je voudrais qu'on vous apprît, toutes jeunes, à respecter l'importance, en attendant le moment où vous saurez la comprendre. Oui, mes jolies petites têtes, dont j'aime tant à me voir entourée, vous serez des femmes un jour, et vous aurez à remplir une mission sainte et sublime. Pour vous en acquitter dignement, il faut vous appliquer, dès l'enfance à la pratique de ces douces vertus qui devront être votre partage. Savez-vous que c'est entre les mains de la femme, qu'est déposé le flambeau de la religion et de la foi? Savez-vous que c'est de la femme, que dépend en grande partie le sort du monde, puisque c'est elle qui jette dans les cœurs les premières semences dont les années ne font que développer le germe. Dans sa paisible obscurité, la femme exerce donc ici-bas une influence réelle. C'est pourquoi il importe qu'on l'habitue de bonne heure, à prendre la religion et la raison pour bases de ses actions, et à employer, à des études sérieuses le temps si précieux de sa jeunesse.

Mais, en vous disant de vous livrer à l'étude avec ardeur, vous voyez, chers enfants, que je n'entends point vous priver de distractions, puisque je vous offre aujourd'hui un livre pour vous récréer. — Oh! certes, il faut vous amuser. L'essentiel, c'est que vos amusements, loin de laisser du vide dans votre esprit, y laissent quelque chose d'utile et de moral. C'est la fin que je me suis proposée, en composant pour vous ces petites pièces qui, du reste, n'ont point d'autre mérite. Si elles peuvent vous faire passer un moment agréable, éveiller en vous-mêmes quelque bon sentiment, ce sera ma plus douce récompense.

CHARITÉ

CHARADE EN QUATRE ACTES

A L'USAGE DES PENSIONNATS DE DEMOISELLES

PAR

Mlle A. D'OUTRELEAU

P. N. J.

LYON

P. N. JOSSERAND, LIBRAIRE-ÉDITEUR,

3, PLACE BELLECOUR, 3.

—

1867

(1)

Lons-le-Saunier, Imp. de Henri Damelet.

CHARITÉ

CHARADE EN QUATRE ACTES.

––––––––

Première syllabe.
—

ACTE PREMIER

LA MÈRE MICHEL A LA RECHERCHE DE SON CHAT

PERSONNAGES.

LA MÈRE MICHEL.
MADAME BRADAMOR, tireuse de cartes.
DÉMONA, domestique de Madame Bradamor.

La scène se passe à Paris, vers le milieu du XVIII⁵ siècle.

––––––––

Le théâtre représente le cabinet de consultations de Mᵐᵉ Bradamor. Les murs sont tapissés de velours noir, parsemé d'étoiles
d'argent. A gauche, une porte. Au fond, deux autres portes conduisant aux appartements de Mᵐᵉ Bradamor. Au milieu, sur le premier
plan, une table recouverte d'un tapis bizarre et sur laquelle se trouvent des jeux de cartes, des obélisques, une machine pneumatique
et divers autres instruments de physique.

––––––––

SCÈNE PREMIÈRE.

DÉMONA *seule, un plumeau à la main, s'occupe à mettre de
l'ordre dans la chambre. On frappe à la porte.*

DÉMONA, *impatientée.*

Quelle misère, de servir les sorciers!... Cinq mi-

Dans cette charade, l'orthographe a été sacrifiée au jeu de scène.

nutes, oui, cinq minutes, je ne les ai pas dans toute la journée... Sans compter qu'il faut leur vendre son âme avec son corps. Que de mensonges ne me faut-il pas faire à toute heure ! Combien de fraudes auxquelles il me faut prêter la main ! Ne m'a-t-on pas débaptisée pour aller me chercher un patron dans les enfers ? Mais, je ne peux plus y tenir ; et à la première occasion, je demande mon congé. (*On frappe de nouveau. Avec humeur.*) On y va ! on y va ! (*Elle ouvre la porte.*)

SCÈNE II.

DÉMONA, LA MÈRE MICHEL *tenant un gros parapluie.*

LA MÈRE MICHEL.

Est-ce ici Mme Bradamor, la célèbre tireuse de cartes, qui prédit l'avenir, enlève les taches de rousseur, lit dans le livre des destinées et guérit du mal de dents ?

DÉMONA, *s'inclinant.*

Ici même, madame.

LA MÈRE MICHEL.

Je viens pour la consulter. J'en ai entendu dire des choses si merveilleuses, qu'elles m'ont inspiré un grand désir de mettre sa science à contribution.

DÉMONA.

Mais, madame, vous n'êtes pas la seule. Les plus

grands seigneurs rendent visite à Mme Bradamor.
Elle est plus savante et moins chère que ses compagnes; elle ne demande que vingt écus pour faire voir
le diable Astaroth.

LA MÈRE MICHEL.

C'est bien ; faites-la venir, ma petite, car je suis
très-pressée. (*Démona sort par la porte de droite.*)

SCÈNE III.

LA MÈRE MICHEL *seule: elle va déposer son parapluie et
se laisse tomber dans un fauteuil.*

(*Avec émotion.*) Comme mon cœur palpite !... Ah !
Moumouth ! Moumouth ! Voici donc le moment fatal.
Hélas ! peut-être va-t-il m'enlever ma dernière espé-
rance.

SCÈNE IV.

La MÈRE MICHEL, Mme BRADAMOR, *qui entre d'un air
assuré. Démona entre après elle. La mère Michel s'avance
avec empressement vers Madame Bradamor et fait une
révérence.*

Mme BRADAMOR *l'apercevant, se détourne avec effroi.*

(*A part.*) Ciel ! La mère Michel ! (*haut*) que désirez-vous, madame? (*elle fait quelques pas en chancelant et s'appuie d'une main sur la table.*)

LA MÈRE MICHEL.

Interroger le présent, le passé, l'avenir.

Mᵐᵉ BRADAMOR.

Je suis à même de vous satisfaire ; mais c'est le grand jeu que vous demandez et cela vous coûtera trois écus.

LA MÈRE MICHEL, *les tirant de son ridicule.*

Les voici : je vous les donne de grand cœur. (*Démona approche un fauteuil ; la mère Michel s'assied. Démona sort.*)

Mᵐᵉ BRADAMOR, *à part.*

Que je regrette de ne pas en avoir demandé davantage! (*haut*) quel est le mois et le quantième de votre naissance ?

LA MÈRE MICHEL.

24 mai mil six cent nonante-huit.

Mᵐᵉ BRADAMOR.

Quelles sont les premières lettres de votre nom, de votre prénom et du lieu de votre naissance ?

LA MÈRE MICHEL.

A. R. N. M. L. S.

Mme BRADAMOR.

Quelle est la fleur de votre choix ?

LA MÈRE MICHEL, *après avoir réfléchi.*

Le Topinambour !

Mme BRADAMOR *allant vers la porte du fond, à droite.*

Démona ! (*Démona paraît.*) Portez-moi du marc de café.

SCÈNE V.

LES PRÉCÉDENTES, DÉMONA, *apportant une tasse.*

Mme BRADAMOR. *Elle verse dans la soucoupe le contenu de la tasse, et en examine le fond avec attention.*

(*A la mère Michel.*) Phaldarus, génie des choses occultes, m'apprend que vous êtes à la recherche d'un être qui vous est cher. (*La mère Michel bondit de surprise, Mme Bradamor continue à examiner les figures formées par le marc de café.*) Cet être n'est pas un homme. C'est un quadrupède... un chien... ou un chat... Ariel, esprit céleste, me révèle que c'est un chat.

LA MÈRE MICHEL, *hors d'elle-même.*

Oui, un chat ! et un chat qui vaut plus qu'un homme !...

Mme BRADAMOR *prend des cartes, les bat, les donne trois fois à couper et les range sur la table. Démona sort par le fond à gauche, en emportant la tasse, et laisse la porte entr'ouverte.*

Votre chat est le valet de trèfle. Voyons ce qui lui arrive.

LA MÈRE MICHEL *mettant ses lunettes.*

Voyons ! (*Elle se lève et s'approche de la table.*)

Mme BRADAMOR.

Un, deux, trois, quatre. Dix de pique. Votre chat a la manie des voyages ; il se met en route la nuit, pour visiter les curiosités de Paris. Un, deux, trois, quatre. Dame de pique ; c'est une femme qui fabrique de fausses fourrures d'hermine, avec des peaux de chats. Un, deux, trois, quatre. Valet de pique. C'est un chiffonnier. Un, deux, trois, quatre. Roi de pique. C'est un restaurateur. La réunion de ces trois personnes m'épouvante. Un, deux, trois, quatre. Du trèfle. Un, deux, trois, quatre. Encore du trèfle. Un, deux, trois, quatre. Toujours du trèfle. Votre chat rapportera de l'argent à ces trois personnes. Le chiffonnier veut le tuer, pour en vendre la peau à la fourreuse et le corps au restaurateur, qui l'offrira à ses pratiques en guise de lapin sauté. (*La mère Michel fait un mouvement d'horreur.*) Le chat saura-t-il se soustraire à ses persécuteurs ? Un... deux... trois... quatre... Sept de pique. C'en est fait, madame, votre chat n'existe plus !...

LA MÈRE MICHEL *se laissant tomber à la renverse dans son fauteuil.*

Ils l'ont mangé, les anthropophages! (*On entend des miaulements plaintifs; elle se retourne d'un air égaré.*) Il me semble · entendre ses derniers cris d'agonie... (*Par la porte que Démona a laissée entr'ouverte, un chat s'élance sur les genoux de la mère Michel.*) Que vois-je? (*avec joie*) c'est toi, Moumouth (*elle le caresse un moment; par un mouvement involontaire, Mme Bradamor s'est précipitée sur le devant de la scène. La mère Michel s'approche d'elle avec indignation.*) Mon chat était chez vous, madame! Vous l'aviez sans doute volé! Mais... ma maîtresse est puissante. Ma maîtresse est Mme la comtesse Yolande de la Grenouillère. Elle vous fera châtier comme vous le méritez. (*Elle veut sortir.*)

Mme BRADAMOR.

Ne me perdez pas, je vous en conjure ! Je n'ai pas volé votre chat.

LA MÈRE MICHEL.

Comment se trouve-t-il chez vous ?

Mme BRADAMOR.

Je le tiens d'un petit garçon nommé Faribole. Il m'a livré ce chat que je désirais avoir depuis long-temps, et qui, par sa forme bizarre et sa tournure surnaturelle, pouvait figurer avec succès dans mes conjurations cabalistiques. Voilà toute la vérité. (*Elle*

se jette à genoux.) Je vous en supplie, que votre maîtresse ne m'inquiète pas !

LA MÈRE MICHEL, *avec un geste menaçant.*

Madame la comtesse agira comme elle l'entendra.
(*Elle s'en va à grands pas.*) (1).

---

(1) Cette petite scène est tirée en grande partie du charmant conte de
M. de la Bédollière.

Deuxième syllabe.

—

ACTE DEUXIÈME.

LA FÊTE D'UNE MAITRESSE DE PENSION.

PERSONNAGES.

LA DIRECTRICE du pensionnat.
ANNA (11 ans), élève de la 3e classe ; elle a une ceinture rose.

MATHILDE,	id.,	id.
EMMA,	id.,	id.
MARGUERITE,	id.,	id.
AUGUSTA,	id.,	id.
PAULINE,	id.,	id.
MARIE,	id.,	id.
EMILIE,	id.,	id.
THÉRASITA,	id.,	id.
DORA,	id.,	id.
LAURE (5 ans),	id.,	id.

JEANNETON, cuisinière.
TOUTES LES ÉLÈVES en grand uniforme.

La scène se passe dans un pensionnat de Nice.

———

Le théâtre représente une classe. Au fond, deux portes entre lesquelles se trouve un bureau.

———

SCÈNE PREMIÈRE.

LA DIRECTRICE, *seule ; elle est assise près du bureau, et lit. On sonne la classe.*

Deux heures ! (*Elle se lève et regarde à sa montre.*)

Et personne en classe ! Le jeu leur tourne la tête. Il faut que je les reçoive avec un beau sermon... Ah! je les entends. (*Elle ferme son livre.*)

SCÈNE II.

LA DIRECTRICE, TOUTES LES ÉLÈVES. *Elles entrent par les portes du fond et vont se ranger sur deux lignes de chaque côté de la directrice. Elles ont un bouquet à la main.*

ENSEMBLE.

Que ces fleurs,
De nos cœurs,
Soient l'expression, tendre mère,
De vos jours,
Que le cours
Soit long et prospère
Et que par notre amour,
Tour à tour,
Doublant de zèle,
Vos exemples suivant,
Chaque enfant
Soit un modèle.
Que ces fleurs,
De nos cœurs
Soient l'expression, tendre mère,
De vos jours
Que le cours
Soit long et prospère.

LA 1re CLASSE, *seule.*

Sous ton aile

Maternelle,
Puissions-nous, avec ardeur,
Vertueuses
Et joyeuses,
Marcher vers le vrai bonheur.

ENSEMBLE

Que ces fleurs, etc.

(Elles offrent leurs bouquets.)

LA DIRECTRICE.

Merci, merci, chers enfants. Je reçois vos souhaits comme vous me les adressez, c'est-à-dire, du fond du cœur. Votre souvenir m'a causé une surprise, d'autant plus agréable, que j'avais oublié que c'est aujourd'hui ma fête. Je le regrette, parce que je ne vous ai préparé aucun divertissement. Cependant, je ne veux pas que ce jour passe inaperçu : vous aurez vacance complète. Et puisque je puis compter sur votre sagesse, je vous permets de vous amuser comme vous l'entendrez. Je vous laisse maîtresses de la maison.

UNE ÉLÈVE DE LA 1re CLASSE.

Puisque vous voulez bien nous donner cette marque de confiance, permettez nous, Madame, de descendre au jardin. Une de nous fera la lecture, tandis que les autres termineront leurs ouvrages pour cette loterie des jeunes économes.

LA DIRECTRICE.

Très-volontiers. Vous, mes petites, je vous abandonne la classe. (*La directrice et les grandes élèves sortent.*)

SCÈNE III.

ANNA, MATHILDE, EMMA, MARGUERITE, AUGUSTA, PAULINE, EMILIE, MARIE, THÉRASITE, DORA, LAURE. *Elles se rangent en demi-cercle sur le devant de la scène.*

MARIE *va regarder à la porte, puis revient au milieu de ses compagnes.*

Quand le chat est dehors, les souris dansent sous la table. Elles ont bien fait de nous débarrasser de leur présence, ces grandes ! Lorsqu'elles sont là, elles sont le chat, et nous, les souris. Il faut toujours être leurs très-humbles servantes. Mais, cette fois, nous allons nous dédommager. Il faut nous amuser pour toute l'année.

AUGUSTA.

Marie a raison. Mais à quoi allons-nous jouer ?

EMILIE.

Jouons à la pension.

PAULINE, *d'un ton moqueur.*

Beau jeu ! Nous le faisons du matin au soir.

ANNA.

Moi, je propose la dinette. Madame a mis la maison à notre disposition; Jeanneton ne refusera pas de faire notre cuisine.

TOUTES.

Bravo ! la dinette, la dinette !

MATHILDE.

Adopté, adopté à l'unanimité.

AUGUSTA.

Il s'agit, maintenant, d'ordonner le menu du souper.

PAULINE.

Si nous demandions des choux-fleurs ?

THÉRASITE.

Le beau régal !

LAURE.

Un gâteau aux amandes plutôt.

DORA.

Je n'en mange pas. Je préfère les petits-pâtés.

ANNA.

Mes bonnes amies, je vais vous mettre d'accord. Que chacune des plus âgées aille ordonner un mets de son choix. Je commencerai, pour vous donner l'exemple. (*Elle sort.*)

EMMA.

Il faut convenir qu'Anna est la plus raisonnable.

ANNA. (*rentrant.*)

A ton tour, Augusta. (*Elles sortent successivement.*)

MARGUERITE,

Si nous préparions la table? (*Quatre petites filles apportent une table, au milieu du théâtre ; les autres vont chercher ce qu'il faut pour mettre le couvert.*)

THÉRASITE *posant une assiette sur la table.*

Moi, à côté de Marie.

PAULINE.

Augusta, près de moi.

LAURE *entre en courant.*

A table, à table : Voici la soupe.

MARIE, *portant une chaise.*

Il n'y a qu'une chaise. Ce sera pour notre présidente. (*Anna s'assied, les petites filles entourent la table.*)

SCÈNE IV.

LES PRÉCÉDENTS, JEANNETON.

JEANNETON, *déposant une soupière sur la table.*

J'apporte la soupe au riz, ordonnée par Mlle Anna.
(*Elle sort, Anna sert.*)

ANNA, *après avoir goûté la soupe.*

Excellente !

MARIE.

Je suis curieuse de voir le rôti.

LAURE.

C'est peut-être une grenouille du jardin.

JEANNETON, *rentrant.*

Voici le plat de Mlle Augusta. (*Elle sort*)

EMILIE.

Un poulet au riz !

MATHILDE.

Oh ! quel bonheur ! c'est mon plat favori.

JEANNETON, *rentrant de nouveau.*

Celui-ci est du goût de Mlle Marie.

EMMA.

Du riz à la milanaise.

AUGUSTA, *ironiquement*.

Il faut avouer que nos mets sont variés.

JEANNETON, *riant*.

Voici le dessert!

ANNA.

Des croquettes de riz! Pour le coup, vous l'avez fait exprès, Jeanneton.

JEANNETON.

Moi? Point du tout. Je n'ai fait que suivre les ordres de ces demoiselles. *(Elle sort, les petites filles quittent la table.)*

MARGUERITE, *frappant du pied*.

Tout tourne contre nous! Il faut avouer, mesdemoiselles, que nous avons bien du malheur. Je serais tentée de croire, avec les Perses de notre histoire ancienne, à cet Ahriman, génie du mal, et à penser qu'il a pris à tâche, aujourd'hui, d'empoisonner nos plaisirs.

ANNA.

Non, mes bonnes amies. Il n'y a ici d'autre génie du mal, que nous-mêmes. Si, au lieu de suivre notre volonté propre, nous nous étions pliées aux desirs

des unes et des autres, nous n'aurions eu aucun chagrin. Que ceci nous serve de leçon et nous fasse
prendre la résolution d'être plus condescendantes à
l'avenir. Loin de nous révolter contre ce pauvre riz,
vouons-lui, au contraire, bonne amitié, et mangeons
nos croquettes, en reconnaissance de ce qu'elles ont
servi à nous corriger de l'égoïsme. (*Elle présente le
plat à la ronde.*)

Troisième syllabe.

—

ACTE TROISIÈME.

UNE RÉCEPTION CHEZ L'IMPÉRATRICE DE CHINE.

PERSONNAGES.

L'IMPÉRATRICE.
L'AMBASSADRICE de France.
DAMES d'honneur de l'Impératrice.
DAMES de la suite de l'Ambassadrice.
Un OFFICIER du palais.

La scène se passe à Péking (1)

Le théâtre représente un salon du palais de l'Impératrice. Le trône est placé à droite ; à gauche une porte en face du trône. Au fond, une autre porte.

SCÈNE PREMIÈRE.

L'IMPÉRATRICE, DAMES D'HONNEUR, UN OFFICIER.

L'IMPÉRATRICE, *à l'officier.*

Que nul n'entre ici ! je ne puis aujourd'hui donner audience à personne. Je reçois l'ambassadrice de France, et j'entends n'être point dérangée. (*L'officier.*

(1) Nous sommes censés y avoir des ambassadeurs.

s'incline trois fois jusqu'à terre et se retire.) (*Aux dames d'honneur.*) Vous, soyez attentives à mes ordres. Pensez à soutenir noblement l'éclat de ma dignité afin de nous attirer l'approbation du Maître du céleste Empire.

SCÈNE II.

LES PRÉCÉDENTS, L'OFFICIER.

L'OFFICIER, *après s'être prosterné.*

L'Ambassadrice de France demande à rendre ses devoirs à Sa Majesté.

L'IMPÉRATRICE.

Qu'elle entre!

SCÈNE III.

LES PRÉCÉDENTS, L'AMBASSADRICE *suivie de deux dames. L'ambassadrice s'avance jusqu'aux pieds du trône en faisant de profondes révérences.*

L'IMPÉRATRICE.

C'est un bonheur pour nous, Madame, de recevoir dans nos états une personne si digne de notre estime. La France ne saurait être mieux représentée.

L'AMBASSADRICE.

Votre Majesté me confond. Je suis infiniment flattée de ses éloges. Je n'apprécie pas moins aussi le prix de l'honneur qu'elle me fait, en voulant bien m'admettre dans ses appartements particuliers. Je sais que dans ces contrées, c'est une insigne faveur.

L'IMPÉRATRICE.

Quelle autre la mérite mieux que vous ? Je compte vous avoir souvent auprès de moi, pendant votre séjour à Pékin. Eh bien, comment vous y trouvez-vous ?

L'AMBASSADRICE.

Parfaitement. Votre Majesté a tant de bontés pour nous ! La ville est immense, et le palais impérial est d'une magnificence qui tient du prodige.

L'IMPÉRATRICE.

On nous répute pourtant en Europe pour une nation presque barbare.

L'AMBASSADRICE.

Cette erreur se dissipe lorsqu'on vous connaît.

L'IMPÉRATRICE.

C'est bientôt la fête de l'Agriculture ; l'Empereur l'honore de sa présence. J'espère que vous y assisterez. Vous aurez une place dans mon palanquin.

L'AMBASSADRICE.

Votre Majesté me fait trop d'honneur. (*On apporte le thé.*)

L'IMPÉRATRICE.

Vous accepterez une tasse de thé ; vous avez dû remarquer qu'en Chine on en fait un usage continuel. Du reste, depuis longtemps vous l'avez aussi adopté.

L'AMBASSADRICE.

Oui, nous avons eu le bonheur de connaître ce précieux breuvage, et nous avons su l'apprécier à sa juste valeur.

L'IMPÉRATRICE.

Pour l'apprécier comme il convient, il faut venir le prendre en Chine. A Paris, vous ne pouvez que vous en faire une idée. J'ai ouï dire que vous y mettez du sucre.

L'AMBASSADRICE.

C'est vrai.

L'IMPÉRATRICE.

Mais c'est un meurtre ! vous en enlevez toute la saveur. (*Une dame d'honneur présente, à genoux, une tasse de thé à l'Impératrice. Trois autres en offrent à l'Ambassadrice et à ses dames.*)

1re DAME, *de la suite de l'Ambassadrice.*

Madame, allons-nous prendre cette médecine? *Bas à l'Ambassadrice.)*

2e DAME, *de même.*

Je ne pourrai jamais m'y résoudre.

L'AMBASSADRICE, *à ses dames.*

Il le faut. L'étiquette l'exige.

L'IMPÉRATRICE, *à l'Ambassadrice.*

Non, non. Ne découvrez point votre tasse. Il faut le prendre bouillant, autrement le parfum se perd.

L'AMBASSADRICE, *bas à ses dames.*

Nous payons cher l'honneur de l'ambassade.

L'IMPÉRATRICE.

Eh bien, qu'en dites-vous ?

L'AMBASSADRICE.

Je ne puis trouver de termes pour dire ce que j'en pense.

L'IMPÉRATRICE.

C'est le meilleur Souchoug de la Chine, que l'on récolte exprès pour moi. Je vous en remettrai une boîte pour votre gracieuse Souveraine, et je vous prierai d'en accepter une, en souvenir. (*L'Ambassadrice s'incline profondément.*)

L'OFFICIER.

La réception est terminée. (*L'Ambassadrice se retire en observant le même cérémonial qu'à son entrée.*)

Le tout.

—

ACTE QUATRIÈME.

UN BAL A LA PRÉFECTURE.

PERSONNAGES.

Mme DE MIRVAL, femme du Préfet.
Mme DE St-ANGE, amie de Mme de Mirval.
LA BARONNE DE FANEY,   id.
LA COMTESSE GRISSINI,   id.
ISABELLE, fille de Mme de Mirval (6 ans).
UN PÈLERIN.
Plusieurs dames.

La scène se passe à Bourges.

Le théâtre représente un élégant salon orné de fleurs et étincelant de lumières. Dans le fond, porte à deux battants.

SCÈNE PREMIÈRE.

Mme DE MIRVAL, Mme DE SAINT-ANGE, LA BARONNE DE FANEY, LA COMTESSE DE GRISSINI, *plusieurs dames; elles sont toutes en toilette de bal.*

M^e DE MIRVAL, *en entrant, aux dames qui la suivent.*

Reposons-nous ici, un moment. (*Elle les invite, du geste, à prendre des siéges. Elles forment un demi-cercle.*

Mme de Mirval est au milieu.) Nous reprendrons la danse avec plus d'ardeur.

Mme DE SAINT-ANGE.

J'y consens : il fait une chaleur étouffante, dans la salle de bal.

LA COMTESSE DE GRISSINI.

Il faut convenir, madame, que vous avez un merveilleux talent pour recevoir. Quelle charmante idée, que cette salle si fraîche et si paisible ! C'est vraiment l'oasis du désert.

Mme DE MIRVAL.

J'ai pensé que, puisque ces messieurs avaient leur salon de jeu, il était bien juste que nous eussions, de notre côté, une retraite, où nul d'entre eux n'eût le droit de pénétrer. J'étais sûre aussi, mesdames, qu'il vous aurait été agréable de pouvoir vous livrer quelques instants, à une causerie amicale, chose assez difficile au milieu de la confusion d'un bal.

LA BARONNE DE FANEY.

Voilà une idée fort judicieuse. D'ailleurs, puisqu'on fait aux dames la réputation d'aimer à parler, la charité nous oblige à la soutenir, afin d'épargner une calomnie à nos accusateurs. (*On entend du bruit au dehors.*)

Mme DE MIRVAL, *se levant.*

Qu'est-ce donc que j'entends ? Il me semble qu'on

veut nous forcer dans nos retranchements. (*Elle fait quelques pas vers la porte.*)

SCÈNE II.

LES PRÉCÉDENTS, ISABELLE *conduisant un* **PÈLERIN.**

ISABELLE.

Maman, voici un pèlerin qui demande à vous parler.

LE PÈLERIN, *à* Mme *de Mirval.*

Pardonnez, noble dame, si j'ose me présenter à vos yeux et interrompre un moment vos plaisirs. La place d'un pauvre pèlerin n'est assurément pas dans une fête mondaine. Mais, permettez-moi de m'expliquer ; et je suis persuadé que votre cœur compatissant, (*se retournant vers les dames*) ainsi que tous les vôtres, mesdames, excusera ma conduite, et l'approuvera même.

Mme DE MIRVAL.

Nous l'approuvons d'avance, mon Père ; mais prenez un siège et veuillez accepter quelques rafraîchissements. Vous paraissez bien fatigué.

LE PÈLERIN, *s'inclinant.*

Mille grâces, madame, mon vœu me condamne à un jeûne rigoureux, tant que durera mon pèlerinage.

Je voulais seulement vous dire, qu'en traversant cette
partie de la France, je rencontrai sur mon chemin
un village industrieux, dont les habitants exercèrent, à
mon égard, la plus touchante hospitalité. L'un deux
m'offrit, dans sa maison, un abri pour la nuit. Je dor-
mais profondément, lorsque les cris sinistres : au feu !
se firent entendre. Je me levai, plein d'effroi et m'é-
chappai heureusement du milieu des flammes.

ISABELLE, *courant à sa mère.*

O ciel !

LE PÈLERIN, *continue.*

Le lendemain, je pus contempler le malheur de
ces infortunés. Quelques heures avaient suffi pour
changer leur richesse en la plus affreuse misère.
Maisons, récoltes, bestiaux, tout était consumé. Plusieurs d'entre eux avaient péri, victimes de leur dévouement. Si vous voyiez, mesdames, ces mères pleurant leurs enfants, ces petits enfants demandant
leurs pères ou leurs mères, vous en auriez pitié. Ne
pouvant rien par moi-même pour les soulager, j'ai
pensé que la reconnaissance m'obligeait à mettre tout
en œuvre pour y parvenir. A cet effet, j'ai adressé
une requête à notre noble Impératrice, dont on n'im-
plore jamais en vain la générosité. Mais en attendant
que sa puissante main leur vienne en aide, je me suis
rendu dans cette ville, où j'espère attendrir les cœurs
sur leur sort. Votre réputation de bienfaisance est arrivée jusqu'à moi ; et comme le temps presse et qu'il
faut un prompt secours, je n'ai pas hésité, madame,

à venir à cette heure, réclamer votre assistance en faveur de ces malheureux.

Mᵐᵉ DE MIRVAL.

Mon père, vous avez très-bien fait. Je vous en aurais voulu, de prolonger leur souffrance. Voici mon
offrande : puisse-t-elle porter bonheur à votre quête.
(*Elle lui donne sa bourse.*)

ISABELLE.

Maman, je veux aussi donner quelque chose pour
les petits enfants.

Mᵐᵉ DE MIRVAL, *l'embrassant*.

Je te le permets de grand cœur, mon ange. (*Isabelle
dépose son aumône dans le chapeau du Pèlerin.*)

Mᵐᵉ DE SAINT-ANGE, *l'imitant*.

Nous voulons toutes contribuer à la bonne œuvre.

UNE DAME.

Voici mon bracelet, je regrette de ne pas avoir à
vous offrir autre chose.

UNE AUTRE.

Prenez ceci, je ne m'amuserais pas de bon cœur,
si je n'aidais à soulager la misère de ces pauvres gens.

LE PÈLERIN, *fait la quête*.

Que le bon Dieu récompense votre générosité !

Mᵐᵉ DE MIRVAL.

Maintenant, il nous reste à vous remercier pour le plaisir que vous nous avez procuré. C'est, à coup sûr, le plus grand de cette soirée.

LE PÈLERIN.

Oui, mesdames, vous garderez, croyez-le bien, un touchant souvenir de votre bal. Rien n'est doux comme la pensée du bien qu'on a fait. Retournez à vos amusements et livrez-vous y avec joie, puisque vous avez su comprendre les obligations que la fortune vous impose. Souvenez-vous que vous ne goûterez jamais de satisfaction plus réelle, que lorsque vous aurez soulagé l'indigence et le malheur; et que, chaque pierrerie que vous détachez de votre parure pour la donner au pauvre, est destinée à composer la couronne qui vous attend dans le ciel.

TOUS ENSEMBLE, *aux spectateurs.*

Aimables amis, à vous plaire
Si nous avons bien réussi,
Nous avons reçu le salaire
Que nous attendions ici.
Votre biénveillante indulgence,
Pour nous, fut du plus grand secours.
Comptez sur la reconnaissance,
Que pour vous, nous aurons toujours.

Des charmes de la bienfaisance
Nous avons montré la douceur.
Sans elle, toute jouissance
N'est qu'un plaisir faux et trompeur.

Que notre main soit bienfaisante,
Ayons donc, en réalité,
Des vertus la plus excellente :
C'est vous nommer la **CHARITÉ.**

FIN.

L'ÉTUDE

ET LE PLAISIR

DIALOGUE EN UN ACTE

A L'USAGE DES PENSIONNATS DE DEMOISELLES

PAR

Mlle A. D'OUTRELEAU

LYON

P. N. JOSSERAND, LIBRAIRE-ÉDITEUR,

3, PLACE BELLECOUR, 3,

1867

(2)

Typographie de Henri DAMELET, à Lons-le-Saunier.

L'ÉTUDE

ET LE PLAISIR

DIALOGUE EN UN ACTE.

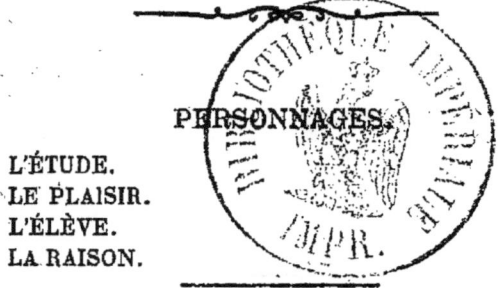

PERSONNAGES.

L'ÉTUDE.
LE PLAISIR.
L'ÉLÈVE.
LA RAISON.

Le théâtre représente un salon à la campagne. Au fond, porte et croisées donnant sur les jardins; portes latérales. A droite, sur le devant de la scène, une table auprès de laquelle est un fauteuil.

SCÈNE PREMIÈRE.

L'ÉLÈVE *seule. Elle entre et jette avec dépit sur la table des livres et des couronnes.*

Deux prix!... voilà donc où doivent se borner mes espérances! Après avoir travaillé une année entière, avec toute l'ardeur que m'inspirait le désir de remporter les premiers prix de ma classe, je ne reçois pour récompense que ces deux malheureux livres. Ah! étude ingrate, est-ce ainsi que tu reconnais mon zèle et mon application? Est-ce ainsi que tu me gratifies, pour tout ce temps que je t'ai consacré? Pour ces longues heures où, enchaînée à une table, une

plume ou un livre à la main, ma pauvre imagination n'était occupée que de grammaire, d'histoire ou
d'arithmétique! Eh bien, durant mes vacances, je
veux du moins me dédommager de ce que tu m'as
fait souffrir. Je veux jouir de ma liberté; et puisque
ma mère m'a laissée maîtresse de l'emploi de mon
temps, je suis décidée à ne plus entendre parler
ler d'étude. Je me livrerai tout entière au plaisir.
Chaque soir je ne penserai qu'à me créer de nouveaux amusements pour le lendemain. Bals, théâtres, concerts, parties de campagne, je ne négligerai
aucune occasion. O que je vais être heureuse!.. Quel
dommage que je n'aie que six semaines... Mais je
vais si bien les employer... (*se levant avec empressement.*) Ne perdons pas un moment. Commençons par
cacher ces cahiers, ces livres que mes professeurs
m'ont tant recommandé d'étudier. Leur vue seule
empoisonnerait mes plus douces joies.(*Elle les jette au
fond d'une armoire.*) Mais quel sentiment m'agite?
On dirait que c'est du remords. Quoi! n'ai-je pas raison d'abandonner l'étude? n'ai-je pas raison de chercher dans le plaisir une compensation aux soucis
qu'elle m'a causés?

SCÈNE II.

L'ÉLÈVE, LE PLAISIR.

LE PLAISIR.

Et quelle meilleure résolution peux-tu prendre?

Je suis le Plaisir, pour tous si plein de charmes. J'ai entendu tes vœux; je viens m'offrir à toi. Oui, tu as raison de choisir mon empire où l'on jouit d'une paix, d'un bonheur sans mélange. Loin de toi, les vains scrupules qu'éveillent tes adieux à l'étude. Jette-toi dans mon sein. Tu ne connaîtras plus ni chagrins, ni soucis.

L'ÉLÈVE.

Ah! charmant Plaisir, que je suis ravie de vous voir, et que vous avez bien fait de venir soutenir ma résolution chancelante! Sans vous, j'allais peut-être pardonner encore à cette odieuse étude qui ne m'a payée que d'ingratitude. Mais votre présence a suffi pour fixer mon choix. Vous êtes trop séduisant et trop aimable pour ne pas apporter le bonheur à qui s'enrôle sous votre drapeau. Oui, je veux désormais m'attacher à vous. J'abandonne l'étude, qui ne s'offre maintenant à mes yeux que comme un spectre horrible. Je n'y penserai plus; son joug est trop pesant!

LE PLAISIR.

Et le mien est si léger! C'est avec des chaînes de fleurs que j'attache à mon char, ceux qui se livrent à moi. Les jeux et les ris forment mon cortége, et jamais larmes ni peines n'ont franchi le seuil de mon empire. Impartial pour tous mes enfants, je répands sur eux mes dons également. J'ai été créé avec le monde; chaque siècle ajoute un attrait de plus à mes charmes. Les plus grands peuples de la terre m'ont élevé des autels, et de jour en jour mon culte devient plus universel. Je prends mille formes différentes, soit qu'on me rencontre à la ville, à la campagne, dans le palais des rois ou dans l'humble chaumière du pauvre ; je m'accommode à tous les âges, mais je suis surtout fait pour le tien. Qu'y a-t-il de plus agréable que moi? Oserais-tu comparer les heures que tu passais enfermée dans une classe, pâlissant sur des livres pour orner ta mémoire de faits imaginaires, avec les jouissances réelles que tu éprouves en courant dans les prairies après les papillons aux ailes d'or, en voguant sur l'onde dans un léger esquif ou en prenant part à une danse animée? Les biens que j'apporte sont seuls véritables, tandis que ceux de l'étude ne sont qu'idéals.

SCÈNE III.

LES PRÉCÉDENTS, L'ÉTUDE *entrant par la gauche.*

L'ÉTUDE, *au Plaisir, avec indignation.*

Est-ce ainsi que tu dois parler de moi! Moi qui ai servi à civiliser l'univers, et qui, depuis mon introduction dans le monde, ai fait faire aux hommes des progrès si merveilleux qu'ils en sont presque venus à réaliser ces contes de fées que tu n'avais créés que pour leur amusement. Et n'est-ce pas à moi que tu dois la conservation de ton existence et la majeure partie de ces adorateurs dont tu te vantes si complaisamment? Si je ne les assujettissais d'abord à mon empire, te rechercheraient-ils avec tant d'ardeur? Si tu te donnais la peine de m'approfondir, tu verrais combien je suis préférable à toi, et tu ne chercherais pas à détacher mes vassaux de mon alliance. (*Se tournant vers l'Élève.*) Moi qui, dès ton enfance, ai toujours été ta compagne fidèle, voudrais-tu aujourd'hui me fuir pour te jeter dans les bras du plaisir? A qui dois-tu ces livres, ces couronnes, et la joie qu'elles ont causée au cœur de ta mère? Sans moi, aurais-tu pu en acquérir une seule?

L'ÉLÈVE, *avec embarras.*

C'est vrai, je ne devrais pas oublier les bons conseils, les leçons propres à former mon esprit, et les moments agréables que votre société m'a procurés. Mais je vous avouerai que le plaisir s'est presque entièrement rendu maître de mon cœur, et que je vous redoute maintenant autant que je vous chérissais.

LE PLAISIR, *ironiquement.*

Crois-moi, chère Étude, va ailleurs débiter tes sermons et faire des prosélytes, et laisse-moi achever une conquête qui m'appartient à si juste titre.

L'ÉTUDE.

Ah! je ne te la céderai pas si facilement. Mes enfants me sont trop chers pour que j'en puisse voir périr un seul de sang-froid et que je ne fasse pas tous mes efforts pour le retirer de l'abîme. (*A l'Élève.*)

Oui, ma chère fille, de l'abîme. Car si tu t'abandonnes au folâtre plaisir, il t'entraînera dans l'oisiveté, la mollesse, l'indifférence ; puis dans le plus grand des malheurs : l'oubli de Dieu et la perte de ton âme.

L'ÉLÈVE.

Ah ! vous me faites frémir !

L'ÉTUDE.

Tandis que si tu suis mes pas, tu verras germer dans ton cœur toutes les vertus. Daigne seulement m'écouter et tu seras bientôt convaincue. (*S'adressant au Plaisir.*) Charmant trompeur, aux dehors séduisants, je connais tes fausses prétentions, et je vais les réfuter. Tu te vantes de n'être jamais accompagné des larmes et des soucis ; cela peut être ; mais ils te suivent, et avec eux les remords. Moi, si j'amène avec moi quelques soucis, je suis toujours suivie par l'espérance, le bon témoignage de la conscience et la paix intérieure. Ton existence est plus ancienne que la mienne, dis-tu ? Eh ! c'est justement à cette antériorité que le genre humain doit son malheur ; car si le premier homme n'avait point cédé à un moment de plaisir, le monde n'aurait jamais connu le déluge de maux dont il est inondé. Je suis venue alors, pour réparer ces maux que tu avais causés, et j'ai ramené avec moi, sur la terre, le bonheur qui, grâce à toi, était remonté vers les cieux. Si tu prends différentes formes pour plaire aux hommes, je ne te le cède en rien sous ce rapport : la Religion me prête son manteau et j'emprunte tour à tour aux neufs sœurs leurs attributs. Mieux que toi, je conviens à tous les âges et à toutes les positions de la vie, et j'ouvre à chacun de mes enfants, les trésors infinis qui les rapprochent de la science éternelle. Comme une tendre mère, je leur présente la coupe amère, au fond de laquelle ils trouvent la douceur. La tienne est couverte de miel, mais le poison est au-dessous.

LE PLAISIR.

Et voilà la cause de mon triomphe ! Les hommes ne s'attachent qu'aux apparences. Partout où je passe on me recherche, on vole à ma rencontre. Mais toi, quels charmes offres-tu? Avec ton visage sévère, tu fais fuir à cent pas. Crois-tu qu'on n'aime pas mieux aller à l'opéra ou à la comédie, que de rester cloué à une table, à se creuser la tête pour savoir si Crésus était contemporain d'Annibal? Demande plutôt à cette jeune fille.

L'ÉLÈVE.

Je n'ose vous contredire. Je préfère entrer dans un théâtre que dans une classe.

L'ÉTUDE, au Plaisir.

Mais dans ces théâtres que tu vantes tant, je ne sais qui de nous deux remporte l'avantage. Si je n'avais fourni à Racine, à Molière, à tous les grands auteurs anciens et modernes, les moyens de composer ces superbes tragédies et ces comédies qui excitent l'admiration, penses-tu qu'on viendrait si souvent au spectacle pour voir quelques danseurs, qui, s'imaginant déployer leurs grâces, s'agitent comme des fous?

LE PLAISIR, *en colère.*

Comment est-il permis de me dire en face de pareilles injures? Et comptes-tu pour rien ces bals, ces fêtes, ces concerts harmonieux, où une foule d'artistes célèbres se disputent les applaudissements du public?

L'ÉTUDE.

Ces bals, ces concerts dont tu parles avec tant d'emphase, sont mon ouvrage plutôt que le tien. Si les artistes que tu cites n'avaient étudié ni chant, ni musique, pourraient-ils faire éprouver d'aussi vives délices à la société, en apportant quelque diversion à tes jeux monotones, tels que la danse, les cartes, etc. Allons, Monsieur le Plaisir, ne vous mettez pas en colère, mais avouez franchement que vous n'êtes bon à rien, si je ne vous viens en aide.

LE PLAISIR.

Quand je ne serais bon qu'à faire passer le temps que les hommes ne savent comment employer, et à les conduire au tombeau sans qu'ils s'en aperçoivent, il me semble que mon mérite ne serait pas de si peu de valeur. Et ne te souviens-tu pas, que ce n'est qu'avec mon secours que les maîtres du plus puissant des empires pouvaient captiver les cœurs de leurs sujets?

L'ÉTUDE.

Et ne te souviens-tu pas aussi, que cet empire te

doit sa décadence et sa ruine ? Vraiment, voilà de
beaux souvenirs que tu as évoqués ! Mais en possèdes-
tu d'autres, et peux-tu rien édifier que tu ne dé-
truises ensuite ? Partout où tu passes, la fortune, en
vain, prodigue ses faveurs. Grâce à toi, l'opulence
fait place à l'adversité et tu ne laisses en partage à
tes aveugles partisans que la pauvreté, la honte et
le désespoir. Bien différente de toi, j'apporte à ceux
qui se livrent à moi la conservation ou la création de
leur fortune. Je suis le lien des sociétés. Les empires
me doivent leur richesse et leur gloire.

L'ÉLÈVE.

Tandis que toi, mon pauvre Plaisir, l'histoire est
là pour attester que ceux qui t'ont choisi pour roi,
t'ont dû, bientôt après, leur destruction.

L'ÉTUDE.

Remonte jusqu'aux premiers siècles. Vois, combien
de grands génies j'ai produits. Ils sont si nombreux
que je ne saurais les compter. Chaque siècle m'en
amène de nouveaux et ajoute un laurier de plus à ma
couronne. Il n'est aucun peuple, aucune partie civi-
lisée du globe, où je n'en ai formé. La religion me doit
ses plus beaux triomphes. C'est moi qui lui ai donné
ses Tertullien, ses Augustin, ses Bernard, ses Bossuet,
ses Massillon. Enfin, tout ce que l'humanité a de noble
et de vertueux me consacre son cœur. Montre-moi,
maintenant, les hommes utiles que tu as produits.
Serait-ce un Sardanapale, un Balthasar, un Hélioga-
bale ou un Vitellius, dont la renommée n'a conservé

les noms que pour les vouer à l'infamie ? Moi, je con-
duis les hommes sur le chemin de la vérité ; toi, sur
celui de l'erreur et du mensonge. Moi, j'ai donné
naissance aux arts et aux sciences ; toi, à l'ignorance,
à l'oisiveté et à la corruption. Avec moi, marchent le
bonheur et toutes les vertus. Avec toi, le malheur et
tous les vices. Qui de nous deux mérite la préférence?

L'ÉLÈVE, *se jetant dans les bras de l'Étude.*

Ah! c'est toi, sans contredit. Oui, je reconnais mon
tort envers toi. Va, tu n'as plus besoin d'en dire davantage; ta cause est toute gagnée. (*Se retournant
vers le Plaisir.*) Et la tienne est perdue! Loin d'ici,
séduisant Plaisir. Emporte, avec toi, tes charmes
trompeurs. Je ne veux point de tes chaînes de fleurs,
qui cachent les épines et recouvrent un abîme sans
fond. Je frissonne à la seule idée que tu as pu un
moment captiver mon cœur. Mais je saurai réparer
cet instant de faiblesse. Je te jure une haine éternelle. Pars, et n'ose jamais plus te présenter à mes
yeux.

LE PLAISIR.

Vous me chassez sans m'avoir éprouvé? Connais-
sez-vous les jouissances qui m'accompagnent? Avez-
vous goûté quelques-unes de mes douceurs? Vous
ne me traiteriez pas de la sorte, s'il en était ainsi.

L'ÉLÈVE, *détournant la tête.*

Pars! te dis-je; je ne veux plus te voir. (*Le Plaisir
sort.*)

SCÈNE IV.

L'ÉLÈVE, L'ÉTUDE.

L'ÉTUDE, *prenant la main de l'Élève.*

Eh bien ! nous voilà redevenues bonnes amies. Sera-ce pour longtemps ?

L'ÉLÈVE.

Oh ! pour toujours ; je ne me séparerai jamais de vous. Que vous êtes bonne, d'être venue tirer votre enfant du grand péril où elle se trouvait! Quels remerciements ne vous dois-je pas, pour la générosité avec laquelle vous avez répondu à mon ingratitude ! Puissent mon repentir et ma confusion l'effacer à vos yeux.

L'ÉTUDE.

Ne parlons plus du passé. Tu as fait ce que font, malheureusement, un grand nombre des jeunes filles de ton âge. N'ayant pas le courage de briser la rude écorce des fruits que je leur présente et qui leur offriraient un délicieux breuvage, elles cueillent les fruits dorés du plaisir qui ne recèlent que des cendres amères ; et comme ces papillons qui, attirés par l'éclat de la lumière, vont y chercher la mort, elles vont trouver leur perte éternelle dans ces plaisirs au faux éclat desquels elles n'ont pu résister. Mais toi, qui as triomphé de leurs amorces séduisantes, ne songe qu'à t'en réjouir. Loin de t'en vouloir, je partagerai ton allégresse ; et ma plus douce consolation, après t'avoir retirée de l'abîme, sera de t'aider à n'y plus retomber, en te découvrant chaque jour les charmes toujours nouveaux qui m'accompagnent.

L'ÉLÈVE.

C'est maintenant que je puis dire avec raison : O que je vais être heureuse ! Chère Étude, ne craignez pas que j'oublie mes promesses. Oui, je les renouvelle de bon cœur. Je fuirai jusqu'à l'ombre du plaisir ; et pour vous prouver que ma résolution est sincère, je vais aller chercher ces livres que je serrais tout-à-l'heure avec tant d'empressement. Vous m'aiderez vous-même à les rouvrir, et c'est sous vos auspices que je recommencerai cette nouvelle année d'étude.

L'ÉTUDE.

Tu me le demandes avec tant de grâce, que je ne puis te le refuser. (*Elle va s'asseoir auprès de la table, l'Élève apporte ses livres et s'assied à côté de l'Étude.*)

SCÈNE V.

LES PRÉCÉDENTS, LA RAISON *conduisant le* PLAISIR.
L'Étude et l'Élève se lèvent et s'inclinent.

LA RAISON, *à l'Élève.*

Enfant, tu vois devant toi la Raison, qui, ayant été informée de tes sentiments, et voulant aussi coopérer à ton bonheur, vient t'offrir, par ses conseils, les moyens de parvenir au but que tu te proposes.

L'ÉLÈVE, *avec respect.*

Je vous écoute, ô divine Raison. Le respect qui, dès l'enfance, m'a été inspiré pour vous, est trop profond pour que je n'apprécie pas la faveur que vous me faites en ce moment. Mais quoi ! le Plaisir en votre compagnie ?

LA RAISON.

Ne t'en étonne pas. Je l'ai rencontré et, pour la première fois, je lui ai trouvé l'air malheureux. J'ai désiré connaître la cause de son chagrin ; et m'apercevant, par son récit, que tu t'écartais de mes préceptes, je suis venue moi-même, afin de te faire rentrer dans la voie d'où tu étais sortie. (*A l'Étude.*) Vous permettez, Étude ?

L'ÉTUDE.

Je suis trop heureuse de pouvoir profiter de vos précieuses leçons.

LA RAISON, *à l'Élève.*

Celui qui, sourd à ma voix, cède sans réflexion à son premier mouvement, ne peut que s'égarer. Tu avais tort, il est vrai, de te donner exclusivement au Plaisir ; mais la résolution que tu as prise ensuite à son égard ne manque pas que d'être répréhensible, puisqu'elle s'éloigne aussi de ce juste milieu que le sage doit s'efforcer de garder en tout ; car, ainsi que tu l'as souvent entendu répéter, les extrêmes se touchent, c'est-à-dire que ce sont deux écueils qu'il faut savoir également éviter.

L'ÉLÈVE.

C'est là le difficile. Daignerez-vous m'apprendre à y parvenir, en cette occasion?

LA RAISON.

Tu y parviendras, en alliant l'Étude avec le Plaisir. Consacre à la première, la majeure partie de tes instants, mais réserves-en quelques-uns pour le second. En ne te livrant au plaisir qu'avec modération, il servira à te délasser de tes travaux et à te les faire reprendre avec plus d'ardeur; car, l'immuabilité n'est pas le partage de l'homme, ici-bas. Son esprit ne peut s'appliquer constamment au même objet, sans en ressentir de fâcheuses influences. Rends-toi donc à ma prière et reçois de nouveau le Plaisir, avec bienveillance.

L'ÉLÈVE.

Lorsque c'est la Raison qui parle, je mets ma gloire à lui obéir. (*Tendant la main au Plaisir.*) Signons la paix, Plaisir, et oubliez ce que je vous ai dit.

LE PLAISIR.

C'est déjà fait.

LA RAISON, *mettant l'autre main de l'Élève dans celle de l'Étude.*

Puissé-je vous voir toujours ainsi rangés sous mes lois. Continuez à vivre dans cette douce union. Je vous quitte, adieu. N'oubliez jamais qu'il n'est point de Plaisir sans Etude, point d'Etude sans Plaisir.

FIN.

COURAGE

CHARADE EN TROIS ACTES

A L'USAGE DES PENSIONNATS DE DEMOISELLES

PAR

Mlle A. D'OUTRELEAU

P. N. J.

LYON

P. N. JOSSERAND, LIBRAIRE-ÉDITEUR,

3, PLACE BELLECOUR, 3.

1867

(3)

Lons-le-Saunier, Imp. de Henri Damelet.

COURAGE

CHARADE EN TROIS ACTES.

Première syllabe.

—

ACTE PREMIER.

UN CAPRICE D'ENFANT GATÉ.

PERSONNAGES.

LA MARQUISE DE MONTALBAN.
ESTELLE, sa fille.
Mlle URANIE, gouvernante d'Estelle.
CLOTILDE, amie d'Estelle.
CHARLOTTE, femme de chambre.

La scène se passe à Paris.

Le théâtre représente la salle d'étude d'Estelle. Au fond deux portes donnant, l'une, dans la chambre d'Estelle, l'autre, dans les appartements de la marquise. Entre les deux portes, un tête-à-tête et deux fauteuils. Devant le tête-à-tête, une table couverte de livres. A gauche, un piano ; à droite, une console surmontée d'une grande glace. La porte à gauche est ouverte.

SCÈNE PREMIÈRE.

ESTELLE, CHARLOTTE *portant un vase de fleurs.*

ESTELLE, *dans sa chambre, frappant du pied avec colère.*

Oui, je le veux, je le veux ; et je suis sûre que maman ne s'y opposera pas.

CHARLOTTE, *qui, en entrant, a entendu les paroles d'Estelle.*

Allons! Bon! qu'y a-t-il encore? Vlà le douzième caprice depuis ce matin. (*Elle dépose le vase de fleurs sur la console.*) Je n'ai jamais vu une enfant plus déraisonnable que cette petite Estelle. Sa gouvernante se donne pourtant bien du mal pour l'élever. Mais elle en voit de belles! Mme la Marquise idolâtre sa fille. Tout ce qu'elle fait, ce sont des perfections. Ah! je voudrais bien qu'elle fût à la place de Mlle Uranie, et à la mienne. La chère dame s'apercevrait bientôt que les perfections n'existent que dans son imagination. J'en sais queuque chose, moi. Un moment, on m'envoie au grenier; puis, le vent change et faut que je descende à la cave. Un jour on veut mettre la robe bleue; et puis il survient un nuage, il faut que je travaille toute la nuit pour finir la rose. Ah! si j'avais été moi, la marraine, je l'aurais appelée Mlle Girouette. Mais la voici: je ferai mieux de me sauver. C'est peut-être moi qui suis la cause de la bourrasque (*Elle veut sortir*).

SCÈNE II.

CHARLOTTE, ESTELLE, *qui sort de sa chambre, suivie de Mademoiselle Uranie.*

ESTELLE, *d'un ton impérieux.*

Charlotte! reste ici. J'ai un ordre à te donner.

Mᪿˡᵉ URANIE.

Vous ne voulez donc pas céder, cette fois encore?

ESTELLE.

Ma chère gouvernante, laissez-moi faire. Vous verrez que maman ne se fâchera pas. Tiens, Charlotte, porte-lui cette lettre.

CHARLOTTE.

A Madame la Marquise. Ce n'est pas un poisson, au moins? Ne me faites pas gronder.

ESTELLE.

Est-ce que nous sommes au 1ᵉʳ avril? Va, dépêche-toi. (*Charlotte sort.*)

SCÈNE III.

Mˡˡᵉ URANIE, ESTELLE.

ESTELLE.

Surtout, Mˡˡᵉ Uranie, n'allez pas prévenir maman contre moi. Vous me contrariez toujours.

Mˡˡᵉ URANIE.

Ma chère enfant, si je vous contrarie, ce n'est que pour votre bien. Lorsque vous demandez des choses

raisonnables, je ne vous contredis jamais. Mais lorsqu'il vous vient en tête des bizarreries extravagantes
comme celle qui vous prend aujourd'hui, par exemple, c'est mon devoir de vous remontrer que votre
petite volonté capricieuse vous emporte au-delà des
bornes de la raison.

ESTELLE, à part.

Ne disons rien. Il ne faut pas la fâcher ce matin.

Mlle URANIE.

Ne voulez-vous pas faire quelque chose en attendant votre mère ? Allons, mettez-vous au piano. (*Elle
ouvre le piano et y fait asseoir Estelle.*)

ESTELLE, bâillant.

Comme c'est ennuyeux cette sonate ! J'aimerais
bien mieux une polka. (*Elle barbouille quelques pas-
sages.*) Tenez, Mlle Uranie, en voilà assez pour cette
fois. Du reste, j'entends maman.

SCÈNE IV.

Mlle URANIE, ESTELLE, LA MARQUISE DE MONTALBAN.

ESTELLE, courant à sa mère et l'embrassant.

Que vous êtes bonne de venir vous-même, ma
chère petite mère ! (*Elle la conduit vers le canapé.*) Je

lis dans vos yeux que c'est pour m'accorder ma
demande. (*La Marquise s'assied, M*^{lle} *Uranie prend un
fauteuil.*)

LA MARQUISE.

Ta demande, mon enfant, me surprend et m'afflige.
Quoi ! une petite fille de douze ans qui veut aller à la
Cour ! Qu'en dites-vous, Mlle Uranie ?

Mlle URANIE.

Je ne suis pas moins étonnée que vous de ce
caprice. Mais c'est en vain que j'ai essayé d'en dis-
suader Estelle.

ESTELLE, *à* Mlle *Uranie.*

Ce n'est point un caprice du tout. (*Se tournant vers
sa mère.*) Le Ministre vous a dit, l'autre soir, que
j'étais digne de vous accompagner au bal.

LA MARQUISE.

C'était pour vous faire un compliment. J'aurais
honte de vous y présenter. Sauriez-vous les règles
de l'étiquette ?

ESTELLE, *entourant de ses bras le cou de sa mère.*

Vous me les apprendrez, chère maman ; vous les
savez si bien ! Ne me refusez pas, je vous en prie.

LA MARQUISE.

Vraiment, ma fille, j'ai besoin de l'entendre de
mes propres oreilles pour vous croire si déraison-

nable. Il faudrait que je fusse aussi folle que vous, pour accéder à votre désir.

ESTELLE, *pleurant.*

Ma chère maman, ne me contrariez pas, je vous en conjure, (*Pleurant plus fort.*) vous allez me faire mourir.

LA MARQUISE.

Ce serait, pour moi, le comble du malheur. Or, comme je ne souhaite rien tant que de vous voir vivre heureuse auprès de moi, je consens, quoique à regret, à satisfaire ce grand caprice. Vous n'attendrez pas longtemps, car, ce soir même, il y a réception aux Tuileries.

ESTELLE, *avec joie.*

Est-ce bien vrai ? Ne vous moquez-vous point ?

LA MARQUISE.

Pas le moins du monde. Courez dire à Charlotte de prendre dans ma garde-robe, celle de mes toilettes qui vous conviendra, et de l'ajuster à votre taille. Le temps est trop court pour vous en faire faire une.

ESTELLE, *donnant un baiser à la marquise.*

Vous êtes la meilleure des mères ! (*Elle sort par la porte à gauche.*)

SCÈNE V.

LA MARQUISE, Mlle URANIE.

LA MARQUISE.

Ma chère Uranie, je vois avec chagrin que vous n'aviez que trop raison, lorsque vous me représentiez que ma faiblesse pour Estelle lui serait funeste. Elle est tellement gâtée, maintenant, que la moindre résistance à ses volontés lui paraît une injustice cruelle.

Mlle URANIE.

Heureusement, elle est encore jeune. Avec le temps et les douces réprimandes, nous réussirons à lui enlever ses petits travers.

LA MARQUISE.

J'aime à me le persuader, et je m'en rapporte entièrement à vous. Ah! çà, j'espère que vous n'avez pas pris au sérieux ma promesse de la conduire à la Cour?

Mlle URANIE.

Je vous connais trop, madame, pour en avoir eu seulement la pensée. J'ai deviné que vous vouliez lui donner une leçon.

LA MARQUISE.

Je veux lui faire sentir par elle-même le ridicule

***

de sa demande. Venez avec moi, et je vous donnerai
les instructions que je crois nécessaires pour que la
leçon soit profitable. (*Elle se lève.*)

Mᴵˡᵉ URANIE.

Je vous suis. (*Elles sortent par la porte à droite.*)

SCÈNE VI.

ESTELLE, *rentrant par l'autre porte.*

Maman est partie... et Mˡˡᵉ Uranie... où est-elle ?
(*Elle regarde à la porte de droite.*) Elle s'en est allée
avec maman. (*Avec joie,*) tant mieux ! je puis me livrer à toute ma joie. Quand elle est là, il faut toujours que je sois raide comme une statue... Je savais
bien, moi, que maman me laisserait aller au bal.
Comme mes amies vont être jalouses, lorsqu'elles
apprendront mes succès!... car j'en aurai. Je veux
qu'on parle de moi à la Cour... Voyons un peu comment je m'y prendrai pour faire mon entrée. (*Elle se
place devant le miroir.*) La tête haute, les épaules effa-
cées (comme dit mon maître de danse). Et puis une
grande révérence à l'Impératrice lorsqu'on me pré-
sentera, et une encore plus profonde à l'Empereur.
(*Elle s'incline jusqu'à terre.*) Fi donc! je ressemble à
Mᵐᵉ de Ryac. Recommençons. (*Elle se rapproche du
miroir et salue de nouveau. Mˡˡᵉ Uranie paraît par la
droite, et la considère quelques instants.*)

SCÈNE VII.

ESTELLE, Mlle URANIE, *puis* CHARLOTTE.

Mlle URANIE.

Brava! Voilà une charmante occupation pour une petite fille.

ESTELLE, *s'arrête tout court.*

(*Avec embarras.*) C'est que je me préparais pour ce soir.

Mlle URANIE.

Il est vrai, que c'est très-important d'aller à la Cour.

ESTELLE.

Je le crois bien, il y a de quoi se préoccuper.

Mlle URANIE, *s'asseyant sur le canapé.*

Ne croyez-vous pas qu'il serait convenable que je vous apprisse quelques règles essentielles d'étiquette?

ESTELLE, *se laissant tomber à côté de sa gouvernante.*

Certainement : de cette leçon-là, j'en veux bien.

Mlle URANIE.

D'abord, il ne faudra pas parler, de la soirée.

ESTELLE, *avec importance.*

Ne craignez rien. Je ne suis plus une enfant. Il y a

déjà quinze jours que je n'ai touché à ma poupée.
(*Elle bâille.*)

Mlle URANIE.

Ensuite, il ne faudra ni bâiller, ni vous appuyer,
(*Estelle se redresse.*) et avoir soin de vous retirer, sans
marcher sur la queue de votre robe.

ESTELLE.

Tout cela n'est pas difficile. (*Charlotte paraît, apportant une robe de bal.*) Ah! voici ma toilette. (*Elle saisit
la robe avec vivacité.*) N'est-elle pas jolie? Charlotte,
essaie-la moi tout de suite.

CHARLOTTE.

Faites donc attention, mademoiselle. Vous allez
déchirer toute la dentelle. Quand on veut faire la
grande dame, y ne faut pas être si impétueuse. (*Estelle s'habille devant la glace.*) (1)

ESTELLE.

Ouf! j'étouffe.

CHARLOTTE.

Dame, on ne peut pas être belle sans souffrir. (*Elle
recule de quelques pas et la considère, indiquant du doigt,
en riant, les cheveux courts d'Estelle :* Ah! Ah! Ah!

ESTELLE, *se retournant avec impatience.*

Eh! bien, qu'y a-t-il donc?

(1) Sans enlever sa robe, qui doit être décolletée.

CHARLOTTE, *riant toujours.*

Cette tête, mademoiselle ; elle ne va guère bien, avec votre accoutrement.

ESTELLE, *déconcertée.*

Tu as raison... comment faire ? Attends, je vais mettre une grosse couronne. On ne le verra pas. Cours prier maman de me prêter des fleurs. (*Charlotte sort.*) Eh ! bien, Mlle Uranie, vous ne me dites rien. Ne me trouvez-vous pas l'air raisonnable ? Ma robe me sied-elle ?

Mlle URANIE.

Parfaitement. Je vais prévenir Mme la Marquise, que vous êtes prête. (*Elle sort; au même instant, rentre Charlotte.*)

SCÈNE VIII.

ESTELLE, CHARLOTTE.

CHARLOTTE, *présente une coiffure à Estelle.*

Cette couronne-ci, vous plait-elle ?

ESTELLE

Donne. Ah ! maintenant, je suis assurée qu'on ne me trompe pas. (*Se regardant dans le miroir.*) Comme je suis jolie ! (*Elle se promène en chantant.*)

·Quel beau jour !
Je vais à la Cour;
Je dis adieu à l'enfance.
Quel beau jour !
Je vais à la Cour;
Ce soir mon bonheur commence.
Peut-être, l'Empereur lui-même,
A danser m'invitera.
Jaloux de ce bonheur suprême,
Tout le monde me regardera.
Quel beau jour !
Je vais à la Cour;
Je dis adieu à l'enfance.
Ce plaisir
Comble mon désir,
Et tous mes tourments vont finir.

Oui, tous mes tourments vont finir. Lorsque j'aurai été à la Cour, on ne me traitera plus comme une petite fille !... Essayons donc un peu ces révérences en arrière, dont parlait ma gouvernante. Charlotte, mets-toi là ; tu seras l'Impératrice. (*Charlotte se place à l'autre bout du théâtre. Estelle fait trois révérences. A la troisième, elle s'embarrasse dans sa robe et tombe.*)

CHARLOTTE, *accourant pour la relever.*

Vous êtes passé-maître. Si pareille catastrophe vous arrive ce sera du tragique,

ESTELLE.

Aïe ! je me suis fait du mal. Aussi, quelle sotte mode que ces robes à queue !

CHARLOTTE.

Allez, mademoiselle, elle n'est pas faite pour les

petites filles. M'est avis que vous devriez la laisser à
qui elle convient. Mais, qu'est-ce qui vous prend ?

ESTELLE.

Dégrafe un peu ma robe. J'ai déjà mal aux épaules
de me tenir si droite.

CHARLOTTE.

Que sera-ce donc lorsqu'il vous faudra endurer
cela toute la nuit?

ESTELLE.

Je ne le pourrai jamais. Je commence à croire que
Mlle Uranie avait raison.

SCÈNE IX.

ESTELLE, CHARLOTTE, Mlle URANIE *conduisant*
CLOTILDE.

CLOTILDE.

Bonjour, Estelle, je viens passer une heure avec toi.
Mais que veut dire ce travestissement?

ESTELLE.

Ce n'est pas un travestissement, ma bonne amie.
Je crains, maintenant, que ce ne soit plutôt une sotti-
se. Je voulais accompagner maman à la Cour.

CLOTILDE.

Tu ne parles pas sérieusement.

ESTELLE.

Sérieusement.

CLOTILDE.

Comment ! tu serais aussi ridicule? Tout le monde se moquerait de toi. Que dirais-tu, si nos mères se mettaient en robes courtes, en cheveux coupés, et couraient après les papillons?

ESTELLE.

La belle comparaison ! Je dirais qu'elles ont perdu la tête.

CLOTILDE.

C'est absolument la même chose, qu'une petite fille fasse la maman, ou qu'une maman joue le rôle de petite fille. Allons, ma bonne Estelle, reprends tes habits ordinaires et viens avec moi à la seule cour que les enfants doivent connaître ; c'est-à-dire, celle de leur mère, où elles peuvent s'amuser tout à leur aise.

ESTELLE, *lui prenant la main.*

Ah ! ma véritable amie, tu achèves de m'ouvrir les yeux. Oui je n'étais qu'une sotte vaniteuse. Charlotte, débarrasse-moi vite de cet attirail ridicule. (*Elle se déshabille.*)

Mlle URANIE.

A présent, je puis me glorifier de mon élève.

ESTELLE.

Chère, mademoiselle, me pardonnerez-vous? Je comprends à cette heure, que les enfants doivent toujours écouter ceux qui les dirigent. Mais la leçon ne sera pas perdue pour moi. Ce sera mon dernier caprice. Je vous avouerai qu'il m'a valu bien de la honte.

Mlle URANIE.

C'est que, mon enfant, vous aviez oublié cette maxime :

« Qui n'a pas l'esprit de son âge,
« De son âge a tout le malheur.

Deuxième syllabe.

—

ACTE DEUXIÈME.

LES AGES AU TRIBUNAL DE LA JUSTICE.

PERSONNAGES.

LA VIEILLESSE.
L'AGE MUR.
LA JEUNESSE.
L'ENFANCE.
LA RENOMMÉE.
LA JUSTICE.
UN GREFFIER.
DEUX HUISSIERS.
DOUZE GÉNIES entourant le trône de la Justice.

Le théâtre représente le palais des quatre âges. Portes au fond, portes latérales.

PREMIER TABLEAU.

SCÈNE PREMIÈRE.

LA VIEILLESSE, L'ENFANCE. *La Vieillesse est assise, la tête appuyée dans sa main.*

L'ENFANCE, *sans apercevoir la Vieillesse, accourt en chantant jusque sur le devant du théâtre ; elle tient un papillon.*

Tra deri dera, Tra deri dera. A la fin, je te tiens,

mon joli volage. Tu m'as fait bien courir. Mais, j'ai remporté la victoire. A présent, je peux t'admirer à mon aise. (*Elle l'examine.*) Ne sois donc pas effrayé. Je ne te rendrai pas malheureux. J'irai tous les jours cueillir de belles fleurs pour te les donner. (*En se retournant, elle aperçoit la Vieillesse.*) Ah! vous étiez là, ma sœur. Daignez me pardonner; je ne vous avais pas vue. (*Elle s'assied aux pieds de la Vieillesse.*) Mais, vous pleurez, je crois?

LA VIEILLESSE.

Non, cher enfant, je pense.

L'ENFANCE.

Vous êtes toujours triste, je veux vous consoler. Je veux souvent venir m'asseoir à vos côtés. Ma gaieté chassera les soucis loin de vous. Je ne les connais point.

LA VIEILLESSE, *avec un soupir.*

Moi, je les connais tous.

L'ENFANCE.

Eh bien! oubliez-les. Regardez le joli papillon que je viens d'attraper. Quelles vives couleurs! Mais vous ne m'écoutez pas. Dites-moi, qu'avez-vous? A quoi pensiez-vous donc, lorsque je suis entrée?

LA VIEILLESSE.

Je repassais, dans mon esprit, les maux dont ma longue existence a été le témoin.

L'ENFANCE, *faisant une pirouette.*

Ah ! que j'ai raison de dire, que de nous quatre, je suis le plus bel âge. Le bonheur n'est qu'à moi. Les souvenirs cuisants ne me troublent jamais ; je suis toujours joyeuse. Je jouis du présent et je vois l'avenir comme un riant tableau. Je ne rêve que fleurs, bonbons et caresses. La coupe de la vie est effleurée par moi. Je n'en prends que le miel et j'en laisse le reste à mes trois autres sœurs. Vous, surtout, la Vieillesse, n'en avez que la lie. Ah ! comme je vous plains !

LA VIEILLESSE *se lève et s'appuie sur son bâton.*

Tu parles sans raison, comme d'ailleurs, l'Enfance doit parler. Car, si parmi nous il existe un sort préférable, c'est à coup sûr le mien. Comment, ne vois-tu pas, en tous lieux, en tous temps, jusque chez les barbares, le respect et la vénération que j'inspire. J'ai l'empire du monde. Tout courbe devant moi, grandeur, force, talent, et j'ai toujours le pas sur mes trois sœurs. Ne t'avise donc pas de te comparer à moi.

L'ENFANCE, *ironiquement.*

Je m'en garderai bien, car il n'est pas même besoin de faire de comparaison. Il n'y a qu'à me regarder pour me donner la palme. *(Apercevant la Jeunesse).* Ah ! voici la Jeunesse. Elle arrive fort à propos. Il faut la faire juge de notre différend.

SCÈNE II.

LES PRÉCÉDENTS, LA JEUNESSE *entrant par la droite.*

LA JEUNESSE, *s'inclinant devant la Vieillesse.*

Salut ! ma noble sœur. J'ai besoin d'un conseil et je viens le demander à votre sagesse.

L'ENFANCE, *lui prenant la main avec vivacité.*

Ma sœur, écoutez-moi.

LA JEUNESSE.

Je t'écouterai demain. Aujourd'hui je n'en ai pas le temps. J'ai à parler d'une affaire importante. Ainsi, laisse-nous.

L'ENFANCE.

C'est aussi très-important ce que j'ai à vous dire. Il s'agit de savoir qui, de nous quatre, mérite la préférence.

.LA JEUNESSE.

Voilà une grande difficulté ! C'est moi, assurément.

L'ENFANCE *montrant la Vieillesse.*

Notre sœur que voici, la réclamait pour elle.

LA JEUNESSE.

C'était pour plaisanter.

LA VIEILLESSE.

C'était au grand sérieux.

L'ENFANCE.

Je prétends qu'elle n'appartient qu'à moi. J'ai raison, n'est-ce pas ?

LA JEUNESSE.

Je demande excuse à la Vieillesse, mais mon avis est que vous n'avez raison ni l'une ni l'autre. Moi seule, entre mes sœurs, étant la plus parfaite, dois être la première. Vous oubliez donc qu'il n'y a que moi d'admise dans l'Olympe ?

LA VIEILLESSE.

Ce fut par privilège et non point par justice.

L'ENFANCE.

C'est certain ; autrement, on m'y eût appelée.

LA JEUNESSE, *s'emportant.*

Je soutiens le contraire.

LA VIEILLESSE.

Parlons sans passion.

LA JEUNESSE, *toujours vivement.*

Oui, raisonnons, mes sœurs. Vous ne pouvez nier, que moi seule sur terre je sais tout embellir, car je rends supportable la laideur elle-même. (*L'âge mûr paraît à la porte du fond et s'arrête pour écouter.*) Il n'y a que moi pour mener à bien toutes les grandes entreprises. L'Enfance ne sait les concevoir; l'Age mûr n'ose les entreprendre ; vous, ma sœur, (*à la Vieillesse*) ne pouvez les exécuter. A moi donc, est dû ce qu'il y a de beau, de grand, de noble dans le monde. Ne voilà-t-il pas des titres incontestables pour m'arroger la primauté?

SCÈNE III.

LA VIEILLESSE, L'ENFANCE, LA JEUNESSE, L'AGE MUR.

L'AGE MUR, *s'avançant avec fierté.*

La primauté, ma sœur? Je ne vous la cèderai certainement point. Il ferait beau voir que ma gravité s'inclinât devant votre folie. C'est moi seule qui puis dire que l'on me doit ce qu'il y a de grand, de beau, de noble dans le monde ; car vous savez très-bien que toutes ces entreprises dont vous vous vantiez tout-à-l'heure, tourneraient le plus souvent à votre honte, si ma raison ne venait mettre un frein à votre impétuosité irréfléchie. Combien de maux n'avez-vous pas causés!

LA JEUNESSE,

Ma sœur, vous ne faites guère preuve, en ce moment, de cette raison dont vous êtes si fière. J'ai fait plus de biens que de maux. Si j'en ai causé quelques-uns, j'ai pour excuse mon inexpérience. Mais vous, qu'est-ce qui pourra vous faire pardonner ceux dont vous êtes l'auteur ? Est-ce moi qui faisais agir un Denys, un Alexandre de Phères, un Ochus, un Cromwell? Et avais-je besoin de vous pour conduire un David, un Salomon, un Cyrus, un Alexandre Sévère, un Constantin, et pour porter à son comble la gloire du héros macédonien ?

L'ENFANCE.

Et moi, un Joas, un Pascal, un Pic de la Mirandole.

L'AGE MUR, *en riant.*

Quoi ! toi aussi, l'Enfance? (*Se tournant vers la Jeunesse.*) Et tu passes sous silence, le déluge de maux dont ton Alexandre a été la source, pour t'avoir écoutée seule. Et tu oublies, avec adresse, tous ceux de tes enfants qui ternissent ta gloire : Néron, Caracalla, Manassès, Robespierre. Je n'en finirais pas! Du reste, la Vieillesse va me donner raison.

LA VIEILLESSE.

Moi, ma sœur, point du tout. Je soutiens qu'à moi seule appartient la couronne; car je viens réparer vos fautes successives, et rendre à la vertu ceux que votre inexpérience avait égarés. Rappelez-vous Nerva, Tacite.

L'AGE MUR, *d'un ton moqueur.*

Nous exceptons Tibère, Louis XI, etc.

LA VIEILLESSE.

Mes sœurs, tout doucement, et ne nous fâchons point. Je propose un moyen de nous mettre d'accord. Allons, sans plus tarder, consulter la Justice. (*La Renommée traverse le fond du théâtre et paraît écouter un instant.*)

LA JEUNESSE.

Soit ; car ses jugements sont toujours équitables. Je m'y soumets d'avance.

L'AGE MUR.

D'accord ; et sans appel.

L'ENFANCE.

Allons, vite, partons.

Le théâtre représente le tribunal de la Justice. Le trône est au fond, à droite; à gauche deux portes.

SCÈNE PREMIÈRE.

LA JUSTICE, LE GREFFIER, L'HUISSIER, LES GÉNIES. *La Justice est assise et s'appuie sur son glaive. A sa gauche est le greffier devant un registre ouvert. Près de la porte, à droite, se tient un huissier. Les douze génies entourent la Justice. On entend les trompettes de la Renommée.*

LA JUSTICE.

N'est-ce point la Renommée que j'entends? Huissier, allez-lui dire que je puis maintenant l'écouter.

L'HUISSIER, *sort un moment, et rentre aussitôt.*

La voici qui s'avance.

SCÈNE II.

LES PRÉCÉDENTS, LA RENOMMÉE. *La Renommée s'avance vers le tribunal et salue la Justice.*

LA JUSTICE.

Eh bien! quelles nouvelles venez-vous m'apporter?

LA RENOMMÉE.

Ah ! de bien alarmantes ! Et, quoique sur la terre, vous ayez, en tous lieux, tant de représentants qui sont dignes de vous, malgré leurs soins, le mal l'emporte souvent sur le bien.

LA JUSTICE.

Je règlerai cela au grand jour des vengeances. Que faut-il que j'inscrive aujourd'hui ?

LA RENOMMÉE.

Six jugements iniques. Douze veuves opprimées. (*Le greffier écrit.*) Trois récompenses usurpées ; trois-cents justes calomniés ; un noble dévouement ; quinze actions charitables. Mais, le plus important, et ce que j'accours en hâte vous apprendre, c'est la querelle des quatre âges, dont chacun réclame la priorité, et qui ont résolu de comparaître à ce sujet en votre présence, et de s'en remettre à votre décision infaillible.

LA JUSTICE, *au greffier*.

Préparez une page.

SCÈNE III.

LES PRÉCÉDENTS, UN HUISSIER, *puis les* QUATRE AGES.

L'HUISSIER, *à la Justice*.

Les quatre âges réclament la faveur d'être admis
à la barre de votre tribunal.

LA JUSTICE *se lève et prend ses balances*.

Thémis est toujours prête à remplir son devoir.
Qu'ils entrent donc. *(L'huissier sort.)*

LA RENOMMÉE.

Moi, je vais assister à ces débats fameux, pour
instruire l'univers de la sentence que vous allez prononcer. *(L'huissier introduit les âges. La vieillesse entre
la première; ses sœurs la suivent. Les Ages se proster-
nent devant la Justice, et chantent)* :

ENSEMBLE. *(Air connu.)*
Déité propice,
Ferme appui des cœurs,
Ah ! rends-moi justice
Contre mes trois sœurs.
Ta juste balance
Pèse avec science
Et penche toujours
Vers l'humble innocence.
Avec confiance
A ton équité j'ai recours. *(bis.)*

LA JUSTICE.

Relevez-vous. D'après ce qu'on me dit, chacun de vous prétend au droit de primauté. Exposez vos raisons et procédons par ordre. Commencez, la Vieillesse. (*Elle fait signe au greffier d'écrire.*)

LA VIEILLESSE.

Puisque vous connaissez le motif qui m'amène, j'entre en matière sans préambule, et vais vous expliquer pourquoi j'entends avoir le droit au premier rang. Certes, votre équité doit l'accorder à celui d'entre nous qui conduit les hommes le plus près du bonheur. Or, moi seule puis leur montrer la voie pour y parvenir, car je sais esquiver les écueils, qui, pour mes autres sœurs, deviennent inévitables. La sagesse est à moi, et avec elle l'expérience qui me fait découvrir les pièges qu'on me tend et participer, en quelque sorte, à la prescience de Dieu même. Je n'ai ni la légèreté de l'enfance, ni l'impétuosité bouillante de la jeunesse qui la fait se jeter dans tous les périls, adopter toutes les erreurs, résister à la voix amie de la Raison, lui montrant l'épine, cachée sous la fleur que sa main croit cueillir. Je suis débarrassée des passions de l'âge mûr, qui doit lutter sans cesse contre l'ambition, et je sais expier les fautes de mes sœurs, car j'ai pour cortége le Repentir qui égale l'innocence, et la Religion, qui me rapproche du ciel, que je touche déjà. Et lorsque mes trois sœurs se soumettent à moi, je donne le bonheur à ceux

qu'elles dirigent. Tant que Rome me respecta et
écouta ma voix, elle fut maîtresse du monde.

LA JUSTICE.

C'est à vous, Age mûr.

L'AGE MUR.

Je conteste à bon droit, à ma sœur la Vieillesse,
l'honneur qu'elle réclame. Pas plus que moi, elle n'est
exempte de passions. La faiblesse et la crainte l'accompagnent souvent; et moi, j'ai pour suivantes la
force et la valeur. Mon bras, toujours conduit par un
jugement sain, soutient tous les empires. Avec moi,
l'homme arrive au comble de la gloire. Je sus changer Auguste, et Sésostris lui-même que j'avais fait
héros, lorsque je le quittai, perdit tout son grand
cœur. Je prétends m'approcher le plus près, sur la
terre, de cette perfection qui n'appartient qu'à Dieu.
Je forme les grands saints ; j'encourage les arts ; c'est
à moi qu'on confie l'enfance et la jeunesse, car je
possède déjà assez d'expérience pour les guider au
bien, et mes lois régissent le monde.

LA JUSTICE.

A votre tour, Jeunesse ; vous avez la parole.

LA JEUNESSE.

Pas plus que mes aînées, je ne consentirai à céder
l'avantage ; et si, par déférence, je courbe devant
elles, c'est une fleur de plus à joindre à ma couronne.
Je n'ai qu'à me montrer pour gagner tous les cœurs.

Les grâces et la beauté sont ma fidèle escorte. L'espérance et sa sœur l'illusion ne me quittent jamais. Je fais naître dans l'âme les nobles sentiments : l'amitié héroïque, le dévouement sublime, la générosité, le courage indomptable qui sait braver la mort ; l'amour de la science et la soif de la gloire, qui forment le génie et qui conduisent les hommes aux découvertes célèbres. J'allume dans les cœurs la foi, la charité. J'ai donné à l'Église ses saints les plus aimables et ses plus généreux martyrs. J'ai donné aux empires leurs plus grands conquérants : Alexandre, César, et l'immortel Napoléon. J'ai délivré la France du joug de l'étranger, et Lépante m'a vue, sauvant l'Europe entière et la religion de l'esclavage du croissant.

LA JUSTICE.

Viens maintenant, Enfance, et défends-toi sans crainte.

L'ENFANCE.

Après tous les hauts faits que s'attribuent mes sœurs, il semblerait, Thémis, qu'il ne me restât plus qu'à baisser pavillon et à leur reconnaître la supériorité. Eh bien, non. Je prétends faire pencher la balance en ma seule faveur. Regarde : pour ma cour, un privilége unique a rassemblé ce qu'il existe au monde, de désirable. L'innocence et la paix, la joie, les jeux, les ris, la douce confiance, et l'heureuse ignorance qui me montrent tout beau, simple et pur comme moi. Partout où je parais, le plaisir m'accompagne. A ma

vue, la tristesse est obligée de fuir et je sais dérider
les fronts les plus sévères. Je charme les regards de
la terre et du ciel. Je ne connais jamais les soucis, les
remords ; car, aucun de ces vices qui s'attaquent à
mes sœurs, n'ose ternir l'éclat de ma belle âme
blanche. Je ne redoute point les écueils de ce monde,
mon esquif est toujours attaché dans le port ; et, ne
pouvant comprendre ni les maux, ni la mort, pour
moi seule la vie garde tout son prestige. Si donc
celui de nous qui donne le bonheur mérite la couronne, c'est sur mon front candide que tu dois la
poser, car le bonheur c'est moi.

LA JUSTICE.

Oui, c'est toi ; car il n'est que pour les âmes pures.
Si Thémis, une fois, pouvait laisser séduire sa justice
inflexible, tu l'aurais emporté, aujourd'hui, sur tes
sœurs. Mais l'équité irréprochable préside à tous
mes jugements. Pesons donc vos raisons. (*Le greffier
dépose dans la balance les plaidoyers des âges. La justice les pèse.*) Vous le voyez : les bassins de ma balance
impartiale n'ont penché pour aucun de vous. Je
vous déclare tous parfaitement égaux, car tous vous
possédez des avantages et des maux inhérents à
chacun de vous. Je vous décerne donc quatre couronnes égales : à l'Enfance, comme au plus heureux
âge ; à la Jeunesse, comme au plus aimable; à l'Age
mûr, comme au plus utile ; à la Vieillesse, comme
au plus sage. Or, vivez désormais en paix et satisfaits
de votre lot, vous aidant mutuellement. La Jeunesse
prêtera sa force à la Vieillesse. Celle-ci en échange,

lui donnera l'expérience. L'Enfance consolera les chagrins de ses sœurs. L'Age mûr, de son côté, corrigera par sa froide raison, éclairera par sa science ce que leurs opinions pourraient avoir de faux, d'insensé ou de faible. (*Elle leur distribue des couronnes.*) Allez! que ces couronnes vous rappellent toujours qu'il n'est rien de parfait sur terre, mais que tout doit s'unir pour le commun bien-être.

Le tout.

—

ACTE TROISIÈME.

LE SIÈGE DE BEAUVAIS.

PERSONNAGES.

LA GOUVERNANTÉ.
RICHILDE, sa fille (11 ans).
GASTON DE RUBEMPRÉ, page (10 ans).
JEANNE HACHETTE.
QUELQUES BOURGEOISES.
ENFANTS DE BOURGEOIS.

La scène se passe à Beauvais.

Le théâtre représente le palais du gouverneur. Au fond, deux portes dont l'une est censée communiquer avec l'arsenal. Le jour commence à poindre.

SCÈNE PREMIÈRE.

LA GOUVERNANTE, GASTON, *puis* RICHILDE.

LA GOUVERNANTE, *se promenant avec agitation.*

Encore un nouveau jour qui se lève pour nous.
Que nous apporte-t-il? Delivrance ou défaite? Ah!
défaite, plutôt; nous n'avons plus de forces. (*A Ri-*

childe, qui paraît à droite.) Ma fille, embrassez-moi, consolez ma douleur.

RICHILDE.

Ma mère, calmez-vous. Le ciel nous aidera cette fois-ci encore.

GASTON.

Ma chère et noble dame, modérez vos alarmes.

LA GOUVERNANTE.

Hélas! pauvres enfants, vous ne connaissez point le péril qui nous menace. Encore quelques instants, peut-être, et le fier Téméraire entrera dans nos murs; et tous ces Bourguignons, repoussés depuis huit jours par nos vaillants défenseurs, renouvelleront pour la malheureuse Beauvais toutes les horreurs de Troie.

GASTON.

Il est vrai que le duc a juré de la saccager et d'y mettre tout à feu et à sang.

RICHILDE.

Ah! Gaston, que dis-tu? Tu me remplis d'effroi. Mais non; le courage héroïque de nos concitoyens ne sera pas sans récompense. La victoire nous restera encore, comme au premier assaut.

LA GOUVERNANTE.

Puisse le ciel t'entendre, car si nous succombions,

ton père ne pourrait survivre à sa honte ; et moi, je descendrais avec lui au tombeau Ah ! que deviendrais-tu ?

GASTON.

Rassurez-vous, Madame, la muraille est bien gardée. Tous nos bourgeois ont résolu de périr plutôt que de céder. Pourquoi faut-il que je sois trop jeune pour me réunir à eux?

LA GOUVERNANTE.

Voilà bien le langage d'un noble Rubempré. Bon sang ne peut mentir. (*On entend au dehors un bruit confus de voix.*)

RICHILDE, *se jetant avec effroi dans les bras de la Gouvernante.*

Ma mère, entendez-vous? On s'avance vers nous.

LA GOUVERNANTE.

Gaston, informe-toi d'où vient ce bruit. (*Gaston sort.*)

RICHILDE.

J'ai peur.

SCÈNE II.

LA GOUVERNANTE, RICHILDE, GASTON, *puis* JEANNE, *suivie des Bourgeoises,*

GASTON, *à Richilde.*

Ne craignez, Damoiselle. Ce n'est qu'une députation des bourgeoises de Beauvais, qui demandent à
parler à leur Gouvernante.

LA GOUVERNANTE.

Fais-les venir ici. (*Gascon introduit la députation.*)

JEANNE, *à la Gouvernante,*

Si je ne connaissais votre cœur magnanime et votre
dévouement pour tout ce qui concerne l'honneur de
la patrie, je n'oserais, Madame, me présenter à vous
dans ce moment d'angoisses. Mais, j'en suis sûre,
vous approuverez ma démarche, sitôt que vous saurez le motif qui la guide. Pour la deuxième fois,
Charles tente l'assaut. Il nous tient déjà pour soumis.
Il faut vaincre ou mourir. Dans ce péril extrême, chaque bras doit savoir s'armer pour la défense. Le
mien est prêt et je ne suis pas seule. Vous voyez avec
moi les épouses et les sœurs de nos vaillants bourgeois, qui veulent, elles aussi, leur disputer l'honneur
de conserver à Louis une ville fidèle. Or, vous avez
des armes et des munitions. Commandez qu'on nous

ouvre les portes de l'arsenal, et vous contribuerez à notre délivrance.

LA GOUVERNANTE, *aux Bourgeoises.*

Quoi ! vous affronterez les périls d'un combat ? laissant vos enfants seuls, exposés à la mort ; car, si vous succombez....

JEANNE.

C'est notre amour pour eux qui cause notre ardeur et nous avons pourvu, Madame, à leur sûreté, car ils sont tous ici ; et nous les confions à ces murs protecteurs. (*Elle fait entrer les Enfants qui vont se ranger à droite.*) Ne voyez-vous donc point le sort qui les attend si nous sommes vaincus ? Orphelins, délaissés, dépouillés de leurs biens ; plus encore : le Duc que rien n'arrête quand la fureur l'emporte, se vengera sur eux de notre résistance. Vous frémissez, Madame. Vous êtes mère aussi. Venez donc, le temps presse. Chaque instant de perdu peut causer notre ruine.

LA GOUVERNANTE.

Oui, vous avez raison, et votre noble cœur sait enflammer le mien. Gaston, vite des armes. (*Gaston disparaît par la porte à droite; les Bourgeoises se précipitent sur ses pas, et rentrent avec des lances, des épées, etc. La Gouvernante saisit une épée.*) Je suis aussi des vôtres. Partons. Vous, mes enfants, ne bougez de céans. (*Elle veut sortir.*)

RICHILDE, *retenant sa mère.*

Moi, je vous laisserais vous livrer à la mort? Vous resterez, Madame, ou je pars avec vous.

LA GOUVERNANTE, *montrant les Enfants.*

Ma fille, c'est à vous de leur donner l'exemple. Pensez au noble sang qui coule dans vos veines, et ne faiblissez point. Votre vue ne ferait qu'amollir mon courage. Mon époux est blessé ; il ne peut employer son bras pour la patrie : je dois prendre sa place. Vous, sachez m'obéir.

JEANNE.

Madame, il m'est pénible de venir interrompre des adieux si touchants. Mais, je l'ai déjà dit, le temps est précieux. Marchons ; j'ai bon espoir en Dieu, et en mon bras.

LA GOUVERNANTE.

Quelque chose me dit que ce n'est pas en vain qu'on vous appelle Jeanne. Ce nom porte toujours bonheur à notre France. Allez, nous vous suivons. Gaston, sois en alerte, et vous Enfants priez. (*La Gouvernante et les Bourgeoises sortent par la porte du fond, à gauche.*)

SCÈNE III.

RICHILDE, GASTON, LES ENFANTS.

RICHILDE, *courant vers la porte.*

Ma mère !... Elle est partie. Gaston, cours après elle. Ne l'abandonne pas.

GASTON.

J'ai des ordres contraires que je ne puis enfreindre, damoiselle; souffrez que je reste en ces lieux.

RICHILDE.

Mais ici, que fais-tu ? A quoi bon y rester ? Du moins, près de ma mère, tu pourrais la servir, l'avertir d'un danger.

GASTON, *d'un ton important.*

Ce que je fais ici ? Je vous ai sous ma garde. C'est moi qui suis chargé de vous défendre toutes.

RICHILDE, *riant.*

Ah ! le beau chevalier. Certes, mesdemoiselles, nous voilà bien gardées.

UNE PETITE FILLE, *ironiquement.*

Avec un tel guerrier, nous n'avons rien à craindre.

GASTON.

Vous riez ? Eh bien ! qu'on vous attaque ; vous verrez si ma main sait guider mon épée. En voulez-vous la preuve? (*Il tire son poignard et se met en garde.*) Un, deux, trois. (*Feignant de tuer une des petites filles, qui recule épouvantée.*) À mort, traître. Le voilà transpercé.

UNE AUTRE ENFANT.

Pourvu qu'auparavant un soldat bourguignon ne vous prenant, messire, pour quelque roitelet, ne fasse de vous même une brochette. (*On entend le bruit du canon.*)

TROISIÈME PETITE FILLE.

Ah ! Ciel, voilà l'assaut.

RICHILDE, *émue.*

Je ne puis résister à mon inquiétude. Gaston, cours; cherche à te procurer quelques nouvelles. (*Gaston sort.*) Quel moment solennel ! A genoux, damoiselles, et prions. (*Elles tombent toutes à genoux.*)

> Toi qui commandes à la mort,
> Pour qui rien n'est impossible,
> Ah! prends pitié de notre sort,
> Désarme ce guerrier terrible.
> Tu sus en athlètes valeureux,
> Changer tant de vierges timides,
> Qui, d'un cœur noble et généreux,
> Au martyre volaient intrépides.

Protége aussi nos défenseurs ;
Daigne exaucer notre prière :
Fais que nous soyons les vainqueurs,
Et rends à chacune sa mère.

SCÈNE IV.

LES PRÉCÉDENTS, GASTON.

GASTON, *accourt hors d'haleine, en jetant sa toque en l'air.*

Noël ! Noël. De la joie, mes Enfants. L'ennemi se retire, la victoire est à nous.

TOUTES.

Vivat ! Dieu soit loué !

RICHILDE.

Dis vite, les détails.

GASTON, *avec feu.*

Depuis tantôt trois heures, l'assaut est commencé. Nos ennemis étaient dignes de nous. Ils affrontaient les traits de nos archers et tâchaient de remplir le fossé de fascines. Mais nous tirions si dru, qu'ils ne le purent faire. Trois de leurs étendards flottèrent en vain sur nos murailles. Toujours, ils furent repoussés. Nos femmes, nos enfants rivalisaient d'audace avec nos soldats. Jeanne surtout était partout, sa

terrible hache à la main. On l'a vue arracher à l'un
des ennemis, le drapeau qu'il voulait planter. Son
exemple entraînait tous ceux qui l'entouraient. Son
nom sera pour sûr célèbre dans l'histoire.

SCÈNE V.

LES MÊMES, LA GOUVERNANTE, JEANNE, LES BOURGEOISES.

LA GOUVERNANTE, *serrant sa fille dans ses bras.*
Richilde! mon enfant.

RICHILDE.
Ah! je vous revois donc! Je craignais tant pour
vous.

LA GOUVERNANTE.
Ne pensons qu'au bonheur dont nous comble le
ciel, et qu'à féliciter notre noble héroïne.

JEANNE.
C'est à Dieu seul, madame, qu'il nous faut rendre
grâces. Il nous montre aujourd'hui, que pour décon-
certer les projets du plus fort, il n'a besoin, lorsqu'il
le veut, que du faible bras d'une femme. Sans son
divin secours, tous les efforts sont impuissants. Avec
son aide, l'humble peut tout.

LA GOUVERNANTE.

Oui, mais pour répondre à l'appel, il faut une âme comme la vôtre. Venez, je veux vous présenter moi-même au gouverneur. Enfants, venez aussi prendre part à la fête, afin qu'un si beau jour ne s'efface jamais de votre souvenir. Rappelez-vous toujours que la femme sait, au besoin, joindre à son cœur de mère le grand cœur d'un guerrier et que tout est possible lorsqu'on a du **COURAGE**.

FIN.

LE SECRET
DU BONHEUR

COMÉDIE EN TROIS ACTES

A L'USAGE DES PENSIONNATS DE DEMOISELLES

PAR

Mlle A. D'OUTRELEAU

P. N. J.

LYON
P. N. JOSSERAND, LIBRAIRE-ÉDITEUR,
3, PLACE BELLECOUR, 3,

1867

***

Lons-le-Saunier, Imp. de Henri Damelet.

LE SECRET
DU BONHEUR

COMÉDIE EN TROIS ACTES.

ACTE PREMIER

PERSONNAGES.

Mᵐᵉ DE KERDEC, 70 ans.
LA COMTESSE, nièce de Mᵐᵉ de Kerdec, 45 ans.
CLÉLIE DE MARBECK (orgueilleuse), cousine de Mᵐᵉ de Kerdec.
ARMÈLE, sa sœur, 10 ans (enfant gâtée).   id.
FÉLIXA DE St-FLORENT (prétentieuse),   id.
MERCÉDÈS DE LIMPRÉ (paresseuse),   id.
BÉATRIX DE HAUTE-ROCHE,   id.
YVONNE, paysanne bretonne, domestique.
MARPHISE, femme de chambre de Félixa.
UN NÉCROMANCIEN.
SPIRIDION, aide.

*La scène se passe en Bretagne, au château de Kerdec, vers
le milieu du XVIIIᵉ siècle.*

Le théâtre représente l'appartement de Madame de Kerdec. Au
fond, une table recouverte d'un tapis. A droite et à gauche, portes
latérales.

SCÈNE PREMIÈRE.

Mᵐᶜ DE KERDEC. *Elle est assise près de la table et tricote
un moment d'un air pensif. Elle interrompt son ouvrage
comme si elle vient de prendre une résolution.*

Oui, j'y suis décidée ; c'est une inspiration du Ciel.

A mon âge, les jours sont comptés ; on ne doit pas remettre au lendemain. A l'œuvre donc, aujourd'hui même. (*Elle sonne.*)

SCÈNE II.

Mᵐᵉ DE KERDEC, YVONNE.

YVONNE.

Que désire Madame ?

Mᵐᵉ DE KERDEC.

Allez, de ma part, prier la Comtesse de passer ici un instant. Puis, tenez-vous prête à remplir mes ordres ; je dois vous envoyer à la ville.

YVONNE.

Madame n'a qu'à commander.

Mᵐᵉ DE KERDEC, *vivement*.

Faites vite. Dites à ma nièce que je l'attends avec la plus grande impatience.

YVONNE.

J'y cours. (*A part.*) Je ne l'ai pas encore vue comme ça. Y a quelqu'orage qui se prépare. J'sommes phygsionomiste. (*Elle s rt.*)

SCÈNE III.

Mᵐᵉ DE KERDEC, *seule.*

Jamais je n'aurai ressenti une telle joie. Moi qui croyais qu'avec la jeunesse s'était envolé mon bonheur! C'est que je le plaçais dans les plaisirs du monde, dans son estime, dans ma propre satisfaction. Combien j'étais égoïste! (*Elle se promène en parlant*) Le bonheur! mais ne consiste-t-il pas à rendre heureux ceux qui nous entourent? A se sentir aimé pour le bien qu'on a fait? A voir des visages épanouis, dont le sourire de gratitude réchauffe le cœur comme un doux rayon de soleil? Le bonheur! mais il est à moi. J'avais depuis si longtemps les moyens de me le procurer, et je ne le savais pas! Que je remercie le Ciel de me l'avoir révélé!

SCÈNE IV.

Mᵐᵉ DE KERDEC, LA COMTESSE.

LA COMTESSE.

Chère tante, j'accours en toute hâte. Yvonne m'a effrayée. De quoi s'agit-il? Je crains quelque triste nouvelle.

Mᵐᵉ DE KERDEC, *souriant.*

Vous êtes un mauvais devin, ma Valentine. Je n'ai au contraire à vous communiquer rien que d'agréable. (*Elle s'assied.*)

LA COMTESSE, *s'asseyant auprès d'elle.*

Alors dites vite, ma tante, ne me faites pas languir.

Mᵐᵉ DE KERDEC.

Toujours vive comme à quinze ans. Eh bien ! ma nièce, je voulais vous faire part d'une découverte admirable. J'ai trouvé... Mais il me plaît que vous le deviniez.

LA COMTESSE, *d'un ton d'impatience.*

Je ne l'essaierai même pas. Vous l'avez dit, je suis mauvais devin.

Mᵐᵉ DE KERDEC, *riant.*

Essayez toujours.

LA COMTESSE.

Vous me mettez au supplice ! Tenez, j'ai déjà la fièvre d'impatience... De grâce, apprenez-moi ce grand secret. Est-ce quelque trésor ?

Mᵐᵉ DE KERDEC.

Vous êtes une petite sorcière d'Endor. Vous avez

deviné. C'est tout à la fois un trésor et un secret. Je puis compter n'est-ce pas sur votre discrétion ?

LA COMTESSE.

En douter, serait me faire injure.

Mme DE KERDEC.

Aussi, n'en douté-je pas. Venons donc au fait. J'ai trouvé la pierre philosophale.

LA COMTESSE, *effrayée.*

Ma tante !

Mme DE KERDEC.

Qu'est-ce qui vous prend ? Quel air terrifié ! Oui, j'ai trouvé la véritable pierre philosophale, la pierre qui m'apporte le grand trésor, après lequel les hommes courent en ce monde.

LA COMTESSE.

Expliquez-vous, je vous en supplie ; vous me mettez hors de moi.

Mme DE KERDEC.

N'est-il pas vrai que tous les efforts des hommes ne tendent qu'à être heureux ? Valentine, moi aussi j'ai ce désir ; il est inhérent à notre nature. Eh bien ! j'ai trouvé le moyen de le satisfaire et c'est ce que j'appelle ma pierre philosophale.

LA COMTESSE, *à part.*

Je commence à respirer. (*Haut.*) Et ce moyen, c'est?

Mme DE KERDEC.

Non de convertir toute chose en or dans mes mains,
mais bien de verser mon or à pleines mains pour
faire des heureux. Ce sera placer ma fortune à un
taux unique, puisque, pour intérêt, j'en retirerai le
bonheur.

LA COMTESSE.

Ma bonne tante, voilà qui est digne de vous. Et
vous voulez, peut-être, que je vous aide dans le choix
de vos protégés?

Mme DE KERDEC.

Tout juste; parlons sérieusement. Vous savez que je
jouis d'une fortune immense. Je n'ai point d'héritiers,
puisque le Ciel nous a refusé des enfants, à l'une et
à l'autre. Je puis donc disposer à mon gré de mes
biens. Comme je vous le disais, je cherche la félicité
autant qu'on la peut goûter en ce monde. Mes trésors
ne peuvent me la procurer.

LA COMTESSE.

Chère tante, elle n'est que dans les joies du cœur
et de la conscience.

Mme DE KERDEC.

Je suis de votre avis ; c'est pourquoi j'ai résolu de

me donner ces joies pures. Je ne veux pas d'une générosité égoïste qui ne laisse partager son héritage
que sur la pierre d'un tombeau. Je veux jouir du bien
que j'aurai fait. En un mot, je veux choisir la personne qui doit être mon légataire universel et la
mettre, sans plus tarder, en possession de la plus
grande partie de ma fortune.

LA COMTESSE.

Je ne puis que vous approuver. Me permettez-vous
de vous demander sur qui vous avez jeté les yeux ?

Mᵐᵉ DE KERDEC.

Eh! n'allons pas si vite. Je veux faire le bien avec
discernement. Le caprice ne fixera pas mon choix. A
celle-là seule qui saura en user noblement, je lais-
serai mes richesses. Le mérite et la vertu doivent
être le premier apanage de la châtelaine de Kerdec.

LA COMTESSE.

D'accord. Voyons donc vos projets.

Mᵐᵉ DE KERDEC.

Comme vous pouvez le penser, je préfère porter
mes vues sur quelque membre de ma famille. La voix
du sang parle toujours. J'ai donc décidé d'inviter mes
jeunes arrière-cousines à venir passer leurs vacances
dans mon château. Là, j'aurai le temps de les obser-
ver à loisir et je pourrai porter mon jugement à coup

sûr. Je suis persuadée d'avance, que vous vous ferez un plaisir de m'aider dans cette étude.

LA COMTESSE.

J'allais vous le proposer. Vous n'ignorez pas combien j'aime à vous être agréable.

Mme DE KERDEC.

Non, ma chère amie. C'est pourquoi je réclamerai de vous un autre service, qui sera d'écrire, de ma part, aux parents de ces jeunes personnes. Surtout ne laissez point entrevoir mes projets, et n'en oubliez aucune.

LA COMTESSE.

Même Béatrix de Haute-Roche ? Ne se trouvera-t-elle pas déplacée au milieu de jeunes filles du grand monde ?

Mme DE KERDEC.

Parce que ses parents ont perdu leur fortune, ce n'est pas une raison d'exclure Béatrix de chez moi, lorsque ses cousines y sont appelées. (*Elle se lève.*) Mais, je vous laisse à votre besogne et vais vous envoyer Yvonne. Vous lui donnerez les ordres nécessaires, car je me repose sur mes lauriers, et vous charge de tous les préparatifs pour la réception de ces demoiselles.

LA COMTESSE, *d'un ton gracieux.*

Je suis trop heureuse lorsque je puis vous épargner quelque fatigue. (*Mme de Kerdec sort.*)

SCÈNE V.

LA COMTESSE *seule.*

LA COMTESSE, *Elle s'assied devant la table et se prépare à écrire.*

Ecrivons donc. (*Elle écrit plusieurs lettres; s'interrompant.*) Il faut avouer que ma tante a eu là une singulière idée ; cependant, elle n'est pas dépourvue de charmes. La vue de ces fraîches jeunes filles, dans ce vieux manoir, ne laissera pas que de former un contraste agréable, et leur bruyante gaîté fera diversion à la monotonie de notre paisible existence. (*Elle écrit.*)

SCÈNE VI.

LA COMTESSE, YVONNE.

YVONNE.

Sauf le respect de madame la Comtesse, madame m'envoie prendre ses ordres.

LA COMTESSE, *lui tendant un paquet de lettres.*

Ma bonne Yvonne, il faut porter ces lettres à la poste.

YVONNE, *prenant les lettres.*

Bonté divine ! En v'là un déluge !

LA COMTESSE.

Puis vous passerez chez le tapissier, le doreur, le drapier, l'ébéniste, l'horloger et le droguiste, pour qu'ils se rendent ici demain. Nous recevons une demi-douzaine de personnes et il faut préparer tout le château. (*Elle sort.*)

YVONNE, *seule. Elle compte sur ses doigts d'un air consterné.*

L'horloger, le tapissier, le drapier, le droguiste, l'ébéniste et six personnes ! Ah ! pauvre Yvonne; quelle avalanche ! (*Elle sort avec précipitation.*)

ACTE DEUXIÈME.

Le théâtre représente la salle d'honneur du château de Kerdec.
Les murs sont revêtus de panoplies et de tableaux de famille. Au
fond, deux portes, entre lesquelles sont rangés des sièges. A droite,
grande cheminée antique ; porte à gauche.

SCÈNE PREMIÈRE.

YVONNE, *se laissant tomber sur un siège et s'essuyant le
front.*

Ouf ! quelle semaine ! Je m'étonne que je soyons
encore en vie ! On a bien raison de dire que les jours
se suivent et ne se ressemblent pas. (*Elle se promène
de long en large.*) Moi qu'étions toujours si tranquille ! ni plus, ni moins qu'en paradis, me voir tout en
un coup précipitée dans les enfers ! (*Avec colère,*) car
c'est l'enfer que ce château maintenant. C'est un re-
mue-ménage, un vas-tu, viens-tu, un vrai charivari,
quoi ? que si madame se remariait, on n'en ferait pas
un plus grand. Allez nier les pressentiments. Qu'est-
ce que je disais, moi, qu'il y aurait un orage ? et quel
orage ! Çà n'est encore que la nuée ; attendez la grêle !

SCÈNE II.

YVONNE, LA COMTESSE.

LA COMTESSE, *après avoir examiné la salle.*

Tout est prêt. C'est bien. Je suis contente de vous, Yvonne. Vous avez parfaitement exécuté les ordres qu'on vous a donnés.

YVONNE, *d'un ton dolent.*

Madame est si bonne, qu'on ne peut faire à moins que de se mettre en quatre pour lui plaire.

LA COMTESSE.

Mais cela n'a pas trop l'air de te plaire, à toi. Tu fais une mine de déterrée.

YVONNE, *soupirant.*

Je le crois bien, puisque j'sommes déjà devenue un *esquelette*. Ah! ma chère dame, je craignons bien que ce soit Lucifer ou la fée Mélusine, qui ait inspiré l'idée de faire venir cet essaim de guêpes. Vous verrez que vous vous en repentirez.

SCÈNE III.

LES PRÉCÈDENTS, Mme DE KERDEC.

Mme DE KERDEC, *entrant avec précipitation.*

Valentine ! Yvonne! vite ! vite ! Voici nos hôtes qui arrivent.

YVONNE, *tressaillant.*

Y me vient la chair de poule! (*Elle sort.*)

LA COMTESSE.

Je cours les recevoir. Vous, ma tante, attendez-les ici. (*Elle sort par la porte à gauche.*)

SCÈNE IV.

Mme DE KERDEC, *seule. Elle met la main sur son cœur.*

Je ne sais pourquoi le cœur me bat. Si je n'allais pas rencontrer ce que je cherche !

SCÈNE V.

Mᵐᵉ DE KERDEC, LA COMTESSE, FÉLIXA, CLÉLIE *en habit de chasse*, MERCÉDÈS, ARMÈLE.

Mᵐᵉ DE KERDEC. *Elle s'avance vers elles.*

Embrassez-moi mes chers enfants. C'est bien aimable à vous de sacrifier vos vacances pour venir charmer quelques uns des derniers jours de votre vieille parente.

FÉLIXA, *d'un ton prétentieux.*

C'est nous, madame, qui vous rendons grâce de nous procurer l'avantage d'une réunion si agréable.

CLÉLIE.

Certainement. (*Avec emphase.*) Je suis chargée, madame, de déposer à vos pieds les hommages du duc de Marbeck.

Mᵐᵉ DE KERDEC, *bas à la Comtesse.*

Celle-là a passé loin de l'humilité. (*A Clélie sèchement.*) Bien obligée, mademoiselle. (*Apercevant Armèle.*) Ah ! c'est ma petite Armèle ; je ne la reconnaissais pas. Avancez, mignonne, qu'on vous voie.

ARMÈLE *tourne le dos à Mme de Kerdec et se cache derrière Mercédès, d'un air grognon.*

Je n'aime pas qu'on me regarde.

LA COMTESSE *à Mercédès.*

Seriez-vous souffrante, Mercédès? Vous ne dites rien.

MERCÉDÈS.

C'est que je suis exténuée ! horriblement brisée. (*Elle bâille.*)

CLÉLIE, *ironiquement.*

Exténuée pour un voyage d'une journée ! Quelle force !

MERCÉDÈS.

Tout le monde n'a pas, comme vous, le privilége de ne pas ressentir la fatigue, et la prétention d'être affranchie de toutes les faiblesses féminines. (*Elle bâille.*)

Mme DE KERDEC.

Ah ! Ah ! Clélie est une héroïne ?

CLÉLIE, *avec orgueil.*

Je m'en vante. Je ne trouve aucune gloire à attirer la pitié ou la moquerie et à me rendre esclave ; seul résultat où vienne aboutir la fausse éducation que jusqu'ici on a donnée à la femme. On paralyse sa force et son adresse, grâce à ces préjugés émanés du despotisme des hommes, qui, voulant garder le pouvoir uniquement pour eux, ont fait de nous

4

des momies ou des poupées. Se range qui veut, sous ces lois honteuses ; quant à moi, j'ai le bon sens de vouloir m'y soustraire. Arrière la peur, la fausse timidité ; à moi, les plaisirs, comme à ces messieurs ; les chevaux, les armes, (*elle saisit son fusil*) la chasse, les dangers. Vive la liberté ! (*Elle frappe la terre de son fusil. — Mme de Kerdec regarde la comtesse*).

LA COMTESSE, *à Mme de Kerdec.*

Quel dragon !

ARMÈLE, *frappant du pied.*

Vive la liberté ! Ici, je m'ennuie, et en attendant le dîner, je vais reconnaître le terrain.

Mᵐᵉ DE KERDEC.

Va, petite espiègle. (*Armèle sort. — Aux jeunes filles.*) Et vous, mes bonnes amies, je vous l'offre pleine et entière, cette liberté. J'entends que, dans mon château, vous soyez comme chez vous et que vous ne voyiez en moi, qu'une mère, prête à satisfaire vos moindres désirs. Aussi, j'exige que vous me les exprimiez en toute confiance.

MERCÉDÈS.

Je vais donner l'exemple, en vous demandant la permission de me reposer un moment.

FÉLIXA, *faisant la révérence.*

Je m'empresse de le suivre, en vous priant de

m'accorder quelques minutes pour réparer ma toilette.

CLÉLIE.

Et moi, je vous serais reconnaissante, de vouloir bien m'indiquer un endroit où ma poudre puisse être à l'abri de l'humidité ; permettez, aussi, que je m'assure tout de suite, que le parc est bien peuplé ; je compte faire de bonnes parties de chasse.

Mme DE KERDEC.

Venez toutes, prendre possession de vos chambres. Valentine et moi, allons vous y conduire. (*Elle sort*; *les jeunes filles et la Comtesse la suivent.*)

SCÈNE VI.

YVONNE, MARPHISE. *Elles entrent chargées de cartons.*

YVONNE *met les cartons par terre.*

Déposons tout ça ici, d'abord. Après, nous verrons à qui il faut faire la distribution.

MARPHISE.

Que parlez-vous de distribution? Ce ne sont que les effets de Mlle Félixa.

YVONNE *joignant les mains.*

Miséricorde ! Mais il y en a pour un régiment !

MARPHISE.

Oh! il n'y a pas la moitié de ce qu'il faut à Mademoiselle. Le reste arrivera demain. On voit bien que vous n'avez jamais habité Paris ! Quand on s'habille quatre fois le jour !....

YVONNE.

Quatre fois le jour ! Excusez ! Alors, tout le temps se passe à s'attifer dans votre Paris. Belle occupation !

MARPHISE.

Et quelle autre occupation siérait à des gens du grand monde ? Quand on a des titres, de l'argent, peut-on s'abaisser à travailler tout le jour comme une ouvrière ?

YVONNE.

Eh! ben, dans notre pays, nous pensons tout à l'inverse. Nous disons qu'y n'y a que la paresse qui abaisse.

MARPHISE.

Sans vous fâcher, votre pays est bien rétrograde, et, si vous permettez, je vous civiliserai pendant mon séjour ici. Je vous donnerai des idées un peu moins erronées et plus en harmonie avec le siècle.

YVONNE, à part.

Ma fine, je ne la comprenons pas ; elle parle chi-

nois ou grec. *(Haut.)* Pardon, Mademoiselle, vous me
paraissez bien obligeante. Je voudrions vous demander un plaisir.

MARPHISE.

Tout à votre service.

YVONNE.

Je serions fort aise que vous me donnassiez une
petite leçon, que vous me fassiez la peinture de ces
demoiselles, pour que je sachions comment me com-
porter pour leur plaire.

MARPHISE.

Je ne demande pas mieux; mais, c'est difficile. Ne
plaît pas qui veut à des comtesses et à des duchesses.
(Avec suffisance). Il faut avoir mon talent. Ecoutez-moi
bien ; je commence ; attention !

YVONNE, *se rapprochant*.

J'sommes tout yeux, tout oreilles.

MARPHISE.

D'abord, Mlle Clélie. C'est celle-là qui a le nez haut !
Il faut toujours l'aborder chapeau bas et prendre des
gants blancs pour lui parler, car elle a une langue,
une langue.... affilée comme un rasoir. Moi, voyez-
vous, je hais la médisance. Jamais je ne dis de mal
de personne ; aussi, je ne peux pas la souffrir. Ne
vous avisez pas de la contrarier ; elle est plus que

maître en escrime, et si vous vous opposiez à ses caprices, elle serait capable de vous passer son épée
au travers du corps.

YVONNE, *reculant.*

Vous me faites frissonner. Mais c'est un tambour-
major que votre grande dame.

MARPHISE, *avec dédain.*

Je ne dis rien de la petite Armèle, une enfant gâtée, plus inconstante qu'une girouette, volontaire·
jusqu'à la tyrannie. Celle qui a une robe de taffetas,
Mlle Mercédès, ne sait que dormir, bâiller, s'étendre.
Un rien la fatigue et tout l'ennuie. Pour vous attirer
ses bonnes grâces, ne troublez jamais son sommeil,
épargnez-lui la peine la plus légère. (*Ironiquement.*)
Si l'on pouvait manger pour elle, je crois qu'elle y
consentirait.

YVONNE, *de même.*

Que de qualités ont vos gens du grand monde !

MARPHISE, *avec complaisance.*

Mais, pour Mlle Félixa, ma maîtresse, parlez-moi
de ça. C'est ce que j'appelle une femme de mérite,
de talents. Ce n'est pas un gendarme manqué, comme
sa cousine, ou un mannequin habillé, comme Mlle
Mercédès. Du matin au soir elle s'occupe, et utile-
ment au moins ; car elle s'étudie à se rendre toujours plus belle, plus gracieuse et plus élégante.
(*Elle chante.*)

Rien de plus aimable, (1)
De plus agréable,
Générosité,
Affabilité,
Tout se trouve en elle.
Etoffes nouvelles,
Rubans, fleurs, dentelles,
La rendent plus belle
A chaque soleil.
Yeux bleus, teint vermeil,
Et voix de sirène,
Un vrai port *de reine* (bis.)
Et soyeuse tresse
De longs cheveux d'or.
Oui, ma maîtresse
Est *un trésor*. (bis.)

Faut voir nos journées ! toujours de magasin en magasin, de couturière en couturière. Que d'argent ! On dirait qu'elle a les mines du Potose.

YVONNE.

M'est avis que Madame sait un peu mieux employer le sien. (*Elle chante,*)

Romance.

S'il est une douleur amère, (1)
Un enfant qui n'a plus de mère,
Un pauvre vieillard tout tremblant
Sous l'effort d'un mal accablant,
Vite, pour calmer leurs alarmes,
Argent, bons soins, tendre pitié
Sont prodigués ; toutes les larmes
Sont séchées par sa charité
Voilà, savoir placer son or.
Oui, ma maîtressse est un trésor. } *Bis.*

(1) Musique de M. A. de Ste-Marie.

MARPHISE, *piquée.*

Je ne le conteste point, mais cela n'empêche pas que Mlle Félixa en soit un sans égal. (*Après une pause.*) Allons, m'avez-vous bien comprise ?

YVONNE.

Que trop !

MARPHISE.

Répétons donc notre leçon. (*Elles chantent.*)

Duo.

MARPHISE.

D'abord, la Duchesse ?

YVONNE.

Des airs de Princesse (*Bis.*)
Gants blancs, chapeau bas.

MARPHISE.

Celle en taffetas ?

YVONNE.

Lorsqu'elle sommeille (*Bis*)
Gare à qui l'éveille.

MARPHISE.

Brava !..... Ma maîtresse ?.....

YVONNE.

C'est une déesse.
Il faut l'adorer,
Toujours l'admirer.

ENSEMBLE. (*Yvonne*).

bis. { C'est parfait, charmant, (*On sonne.*)
Mais chut! on appelle.
Je crois que c'est elle.
J'y cours un moment.

MARPHISE.

bis. { C'est parfait, charmant! (*On sonne.*)
Mais on vous appelle.
Je crois que c'est elle.
Allez sur le champ.

(*Elle prend un carton et ouvre la porte du fond à gauche ; se retournant.*)

Et sur tout ce que je vous ai dit, (*Elle met un doigt sur sa bouche.*) Motus! (*Elle sort ; Béatrix entre par la porte à gauche et s'arrête au fond du théâtre.*)

YVONNE, *haussant les épaules.*

Tel maître, tel valet. (*Elle s'avance pour prendre les cartons, et aperçoit Béatrix, à part.*) Seigneur! encore une! c'est fini, je peux commander mon épitaphe !!!

SCÈNE VII.

YVONNE, BÉATRIX, *puis* LA COMTESSE *et* Mme DE KERDEC.

BÉATRIX, *s'avance vers Yvonne.*

Voudriez-vous, Mademoiselle, me rendre le service d'avertir Mme de Kerdec de mon arrivée.

YVONNE, *avec aigreur.*

Mademoiselle vient aussi de Paris ?

BÉATRIX.

De Paris? Non, ma bonne; (*soupirant*) il n'est pas fait pour moi.

YVONNE, *à part.*

Tant mieux ! Elle est polie, au moins. (*Apercevant Mme de Kerdec qui entre.*) Ah ! voici Madame. (*Elle se hâte de faire disparaître les cartons et sort.*)

Mme DE KERDEC, *à la Comtesse, sans voir Béatrix.*

Je suis découragée! Dès le premier abord, me désillusionner !!! (*Elle s'avance sur le devant du théâtre, et rencontre Béatrix, qu'elle salue froidement.*) Mademoiselle de Haute-Roche, si je ne me trompe ?

BÉATRIX, *s'approchant respectueusement.*

Chère cousine, permettez-moi de vous embrasser, et de vous dire combien mes parents ont été touchés, de ce que vous ayez bien voulu vous souvenir de leur Béatrix.

Mme DE KERDEC *l'embrasse.*

Charmante enfant! N'est-ce pas bien naturel?

BÉATRIX.

Que dites-vous? Il est si rare, au contraire, de rencontrer un cœur comme le vôtre, qui sait conserver sa sympathie à ceux que l'infortune a visités. Les malheureux n'ont point d'amis. Nous vous savons donc, doublement gré, de votre affection.

LA COMTESSE *tend la main à Béatrix.*

Vous ne me refuserez pas, chère Béatrix, d'y joindre la mienne. Mais, ne voulez-vous point prendre un peu de repos?

BÉATRIX.

Je n'en ai réellement pas besoin. (*Souriant.*) Vous oubliez que maintenant je suis habituée à la fatigue.

Mme DE KERDEC.

Alors, venez vous asseoir à mes côtés et causons. (*Elle fait signe de la main, à Béatrix de prendre un siége à sa droite. La Comtesse est auprès de Béatrix.*) Com-

ment vous trouvez-vous de votre nouveau genre de
vie ?

BÉATRIX.

Vous ne me croirez peut-être pas, lorsque je vous
dirai que j'en ai pris mon parti et que, sans le chagrin de mes chers parents, je me considèrerais comme
heureuse. Le travail est un bon compagnon. Il fait
passer le temps si vite! Et puis, il est si doux le soir
de se dire : J'ai bien employé ma journée. (*La Comtesse et M*ᵐᵉ *de Kerdec se regardent d'un air d'approbation.*)

SCÈNE VIII.

LES PRÉCÉDENTS, FÉLIXA *en grande toilette.*

FÉLIXA *entre par la porte à droite et traverse la scène.*

Enfin, me voici un peu plus présentable ; ce n'est
pas faute de peine. (*En passant devant les dames, elle
s'incline profondément puis, va s'asseoir à la gauche de
M*ᵐᵉ *de Kerdec*) Marphise m'a fait impatienter plus de
cent fois. Jamais elle n'a pu venir à bout de donner
un pli gracieux à ma coiffure. (*Elle se regarde dans le
miroir.*) Aussi suis-je d'une humeur !!! (*D'un ton pleu-
reur.*) Ma chère M*ᵐᵉ de Kerdec, en voilà pour toute la
journée.

Mᵐᵉ DE KERDEC.

J'espère que nous réussirons à vous remettre en
gaîté. Mademoiselle de Haute-Roche, que je vous présente, voudra bien m'aider à vous distraire.

BÉATRIX, *saluant.*

C'est une tâche trop agréable pour la refuser.

FÉLIXA, *saluant.*

Mademoiselle... (*Elle se rassied ; à part.*) Quelle
mise ! Quelle tournure ! Où donc Mᵐᵉ de Kerdec a-t-
elle été déterrer cela ?

SCÈNE IX.

LES MÊMES, CLÉLIE *entrant par la gauche.*

CLÉLIE, *d'un air triomphant.*

Victoire ! Victoire ! du premier coup j'ai abattu
mon gibier. (*Avec complaisance.*) Je vise si juste !
(*Elle tire un oiseau de son carnier, et l'élève en l'air.*)
Voyez le beau trophée.

Mᵐᵉ DE KERDEC *se lève précipitamment.*

Ciel ! Ma perruche chérie ! Le dernier souvenir de
mon pauvre mari ! ! ! (*Elle retombe sur le canapé.*)

LA COMTESSE.

Quel dommage ! Comme je partage votre peine, ma
tante !

CLÉLIE, *désappointée, jette la perruche sur la table.*

Je ne suis pas heureuse dans mon début. (*A M*^me
de Kerdec.) Aussi, pourquoi votre perruche court-elle
le parc ? (*Yvonne paraît conduisant, de force, Armèle.*)

Mme DE KERDEC.

Je ne comprends pas, comment elle est sortie de
sa cage.

SCÈNE X.

LES MÊMES, YVONNE, ARMÈLE.

YVONNE.

Si Madame veut permettre, je le lui dirons bien.
(*poussant Armèle.*) V'là la coupable. C'est la cin-
quantième malice, depuis son arrivée. J' m'époumo-
nais à lui crier qu'elle allait faire envoler Cocote.
Mais, plus je criais, plus elle la sticotait et à peine
ai-je eu tourné les talons, pst', voilà mon oiseau
parti !

CLÉLIE, *à Armèle.*

Et tu es cause que je l'ai tué, le prenant de loin pour une caille.

ARMÈLE, *impatientée.*

Est-ce ma faute, si vous êtes aveugle ? Et puis, (*Elle hausse les épaules ; avec dédain*) ne voilà-t-il pas un beau malheur ! faut-il faire un tel bruit pour un méchant oiseau ? Si ma cousine y tient tant, qu'elle le fasse empailler.

YVONNE, *indignée.*

Le mauvais cœur !

BÉATRIX.

Cousine, puisque vous aimez les perruches, permettez-moi de vous offrir la mienne. Elle vous consolera de la perte de cocote, et ce sera un moyen de me rappeler à votre souvenir, lorsque je vous aurai quittée.

Mme DE KERDEC.

Chère Béatrix ! vous êtes un ange. Vous vous privez pour moi de la seule jouissance qui vous reste. Eh bien ! quoique ma conduite puisse paraître égoïste, j'accepte votre petit sacrifice.

BÉATRIX.

Que vous me faites de plaisir !

ARMÈLE.

Est-ce qu'on ne dîne pas, dans ce pays ? Je meurs de faim.

YVONNE *en colère.*

Oui, je vous le conseille ; parlez-en du dîner ; après que vous êtes venue me gâter mon ragoût, en y versant cette pommade pour le teint, que Mlle Marphise avait eu tant de peine à confectionner. Aussi, approchez-en de ma cuisine ! (*Elle sort par la porte du fond à gauche, en menaçant Armèle de la main.*)

SCÈNE XI.

LES PRÉCÉDENTS, MERCÉDÈS *entrant d'un air endormi par la porte opposée.*

MERCÉDÈS, *qui s'avance lentement sur le devant de la scène.*

Qu'est-ce donc que ce tapage ? On ne peut pas reposer dans cette maison. Je vais être malade pour sûr.

FÉLIXA, *montrant la perruche.*

C'est un méfait de Diane chasseresse.

LA COMTESSE.

N'en parlons plus, mes bonnes amies ; et pour

faire diversion à ce petit chagrin, suivons le conseil d'Armèle.

Mᵐᵉ DE KERDEC *se lève et prend le bras de Béatrix.*

C'est bien pensé. Passons dans la salle à manger. *Elles sortent, à l'exception de Félixa.*)

FÉLIXA *seule, avec dépit.*

Faites donc des toilettes, pour qu'on ne daigne même pas les regarder. Pourquoi suis-je venue m'enfouir dans ces ruines, chez ces deux antiquités ! (*Elle sort.*)

ACTE TROISIÈME.

Le théâtre représente le salon du château,

SCÈNE PREMIÈRE.

MERCÉDÈS, CLÉLIE, FÉLIXA, BÉATRIX, ARMÈLE.
Mercédès est étendue sur le canapé; Clélie fume; Félixa se place une rose dans les cheveux, devant une glace; Béatrix travaille; Armèle s'amuse à sauter sur les fauteuils.

FÉLIXA, *se retourne à demi.*

Ce n'est pas malheureux ! nous voici arrivées au terme de nos ennuis. Quelles vacances ! six semaines de Bastille.

MERCÉDÈS, *langoureusement.*

Dites plutôt de galères. On vous mène comme des nègres dans cette maison. A huit heures, il faut être prête pour le déjeuner. Ensuite, on vous met à la tâche pour travailler pour les pauvres. C'est affreux ! Je suis épuisée.

CLÉLIE, *ironiquement.*

Pauvre Mercédès ! n'employer que six semaines à

faire l'ourlet d'un jupon ! Savez-vous bien, Mesdemoiselles, que c'est pis qu'Hercule ? (*Elle rit.*)

FÉLIXA, *s'asseyant à côté de Béatrix.*

Il vous sied bien de vous moquer d'elle, lorsque
tout votre travail, à vous, s'est borné à casser les trois
quarts des vitres du château, avec votre plomb, à
estropier le chien du garde, et à traverser d'une balle
le chapeau du magister. Vous visez si juste !

ARMÈLE

Sans compter la perruche, les chevaux de Mme de
Kerdec que vous avez couronnés, et le char-à-bancs
que vous avez brisé, en voulant mener à grand'gui-
des.

CLÉLIE.

Tais-toi, ou je t'apprendrai à me respecter.
C'est la jalousie qui t'inspire ces paroles, ainsi
qu'à Félixa. Je suis fort satisfaite de l'emploi de mon
temps.

FÉLIXA.

Vous n'êtes pas difficile. Quant à moi, j'aurais bien
préféré accompagner maman à Versailles et assister
aux bals, à l'opéra, à tous les divertissements de la
Cour, que de rester dans cette solitude, où mes toilettes n'ont eu pour admirateurs, que les hiboux et les
chauves-souris.

CLÉLIE.

Chacun a son goût. Je ne puis souffrir l'étiquette de la Cour et les ridicules exigences du monde.

FÉLIXA.

Ce sont, peut-être, vos idées extravagantes que vous appellerez raisonnables ? Vous avez beau dire, rien n'est si agréable, si délicieux que le monde. Il n'y a que les radoteurs ou les imbéciles qui pensent différemment. J'en appelle à Béatrix.

BÉATRIX, *riant*.

Excusez-moi. Je ne serais pas bon juge. Les aveugles ne doivent point parler des couleurs.

CLÉLIE.

C'est juste. Mademoiselle de Haute-Roche ne connaît le monde que par tradition.

FÉLIXA, *s'éventant*.

Que je vous plains ! Vous devez horriblement vous ennuyer, ma chère.

BÉATRIX.

Détrompez-vous ; je n'en ai pas le temps. Pensez donc que je suis ma femme-de-chambre et ma couturière. Ensuite, nous avons nos pauvres à visiter et à soigner ; il y a toujours des gens plus malheureux que soi. Mon grand amusement, aussi, est de montrer à lire aux petits enfants du village.

ARMÈLE.

Bel amusement ! Si vous leur appreniez à danser, au moins.

MERCÉDÈS.

Oh ! que je m'ennuie !

ARMÈLE.

Eh bien ! faisons quelque chose pour nous divertir.

CLÉLIE.

C'est facile ici ! à moins que nous n'allions prier Mme de Kerdec de nous débiter un de ses beaux sermons, assaisonnés aux prises de tabac.

FÉLIXA.

Je vous en tiens quitte ! j'en ai une indigestion. Quel frère prêcheur ! Si jamais je remets les pieds ici,...

MERCÉDÈS.

Et moi donc... Figurez-vous que la comtesse se mêle aussi de me gronder. Ne prétend-elle pas que je suis paresseuse ?

CLÉLIE.

Et moi orgueilleuse ! Décidément, Mesdemoiselles, nous avons été fort mal reçues. Il faut nous en plaindre à nos parents.

BÉATRIX.

O ! Mesdemoiselles, comment pouvez-vous parler
ainsi de Madame de Kerdec ? elle, qui nous a traitées
comme ses enfants.

FÉLIXA.

Vous, peut-être, Mademoiselle. On sait que vous
avez réussi à vous attirer ses bonnes grâces avec vos
sublimes vertus. Vous jouez parfaitement la châtelaine du moyen-âge, ne connaissant que son missel
et son aumônière.

CLÉLIE, *d'un ton moqueur.*

C'est dommage, que l'aumônière ne soit pas toujours
bien garnie et qu'il ne manque que le château et les
vassaux.

BÉATRIX, *avec dignité.*

Je ne les regrette point si, avec eux, j'eusse dû posséder l'arrogance et la dûreté du cœur. (*On entend un
violon au dehors.*)

ARMÈLE.

Qu'est-ce que cette musique? (*Elle regarde par la
fenêtre.*) Oh ! la bonne fortune! un nécromancien am-
bulant. Faisons-le venir; il nous dira la bonne aventure.

CLÉLIE.

- L'idée n'est pas mauvaise, cela tirera peut-être Mercédès de son spleen.

FÉLIXA.

Et ce sera un peu plus divertissant que le sermon aux prises de tabac.

MERCÉDÈS.

Cela pourrait bien vous en attirer un.

CLÉLIE.

C'est juste. Mme de Kerdec s'offenserait de ce que nous ayons permis l'entrée de son château, sans son autorisation.

FÉLIXA.

Il faut aller la lui demander.

ARMÈLE.

Je réponds du succès de l'ambassade, si Béatrix veut s'en charger.

BÉATRIX, *se levant.*

Volontiers, si cela peut être agréable à ces demoiselles. (*A part.*) Rendons toujours le bien pour le mal. (*Elle sort.*)

ARMÈLE.

Comme elle est bonne et sans rancune ! Je ne regretterai qu'elle ici.

FÉLIXA.

Voilà Armèle ensorcelée comme Madame de Kerdec.

ARMÈLE, *contrefaisant Félixa.*

Voilà ma cousine Félixa à qui la jalousie pourrait bien faire jouer, tout-à-l'heure, le rôle de la grenouille.

SCÈNE II.

LES PRÉCÉDENTS, LA COMTESSE *suivie de* BÉATRIX.

LA COMTESSE.

J'apporte une bonne nouvelle. Ma tante consent, de grand cœur, à satisfaire votre désir. Elle a fait appeler le nécromancien, et nous aurons une séance en règle.

TOUTES, *à la fois.*

Quel bonheur !

ARMÈLE, *courant embrasser Béatrix.*

Je le savais bien que ma petite Béatrix gagnerait la cause du premier coup. Elle est si gentille...

LA COMTESSE.

Qu'on ne saurait rien lui refuser, c'est vrai.

SCÈNE III.

LES MÊMES, Mme DE KERDEC, LE NÉCROMANCIEN, SPIRIDION *portant une grande cassette qu'il dépose au fond du théâtre. En voyant Madame de Kerdec, les jeunes filles se lèvent.*

Mme DE KERDEC.

Je suis charmée, Mesdemoiselles, de pouvoir vous procurer quelques minutes de distraction, avant votre départ. Vous emporterez ainsi de Kerdec un souvenir un peu moins désagréable.

BÉATRIX.

Cousine, vous ne parlez pas sérieusement. Comment, en vous quittant, emporter un autre souvenir que celui des bontés maternelles que vous nous avez prodiguées durant notre séjour ici ?

FÉLIXA.

Ce serait impossible. Croyez, Madame, que Mademoiselle de Haute-Roche a été l'interprète de nos sentiments à toutes.

ARMÈLE, *à part.*

L'hypocrite !

Mme DE KERDEC.

Laissons là les compliments. Je ne veux pas retar·
der le plaisir plus longtemps. Prenons place. (*Elle
s'assied ; la Comtesse se met à sa droite ; les jeunes filles
occupent l'extrémité du théâtre ; le Nécromancien se tient
à l'autre bout, en face ; Spiridion apporte devant lui
une table, sur laquelle il place divers objets.*) Messire né·
cromancien, nous voici prêtes à admirer votre talent.

LE NÉCROMANCIEN, *avec volubilité.*

Sans me flatter, j'en ai plusieurs et, si vous
permettez, je les énumèrerai à ces jeunes dames,
afin qu'elles décident, elles-mêmes, par où je dois
commencer. Outre la prestidigitation, dans laquelle
je n'ai point de rival, (à preuve que Sa Majesté, Ma·
rie Leczinska, a donné une fête tout exprès pour voir
mes incomparables tours, fête où j'ai acquis une
gloire qui ne peut être surpassée que par celle du
grand Louis XIV), outre donc la prestidigitation, je
possède encore l'art précieux de la nécromancie, de
la chiromancie et de l'astrologie. Mais ce qui vous
étonnera par-dessus tout, c'est que je joins à ces ta·
lents l'avantage d'être excellent musicien. Au der·
nier bal de Versailles, notre gracieux monarque,
connaissant ma renommée, me fit exécuter un me·
nuet dans lequel il voulut figurer lui-même.

CLÉLIE.

Un menuet? O ! jouez-nous en un. Je serais si contente de danser un peu.

FÉLIXA.

J'en meurs d'envie. Depuis six semaines que je
n'ai pas fait un pas. Chère Mme de Kerdec, vous voulez bien, n'est-ce pas ?

Mme DE KERDEC.

Comment donc? Nous serons enchantées, ma nièce
et moi. Cela nous reportera à notre jeune temps.
(*Au Nécromancien.*) Un menuet, je vous prie, puisque
ces demoiselles le désirent.

LE NÉCROMANCIEN, *s'inclinant.*

Entièrement à vos ordres. (*A l'aide.*) Mon violon,
Spiridion. (*Il prend le violon.*) En l'honneur de ces
charmantes dames, je jouerai le même qu'à Sa Majesté.

SPIRIDION, *bas au Nécromancien.*

Je le crois bien, vous n'en savez qu'un. (*Le Nécromancien prélude.*)

CLÉLIE, *se levant.*

Qui veut être ma dame ?

MERCÉDÈS ET FÉLIXA.

Moi! Moi !

CLÉLIE.

Désolée! Je ne suis pas encore Trimourti. Je n'ai que deux bras. Je prendrai Félixa. (*Elle lui offre la main.*) Armèle danse avec Mercédès.

ARMÈLE

Grand merci! je déteste le menuet et je vous tire ma révérence. (*Elle sort.*)

MERCÉDÈS, *contrariée.*

Quel malheur que Béatrix ne sache pas danser !

BÉATRIX.

Il est vrai que je suis bien novice. Cependant, j'ai une petite idée du menuet, et je me ferais scrupule de vous empêcher, par fausse honte, de vous amuser. (*Elles dansent, puis reprennent leurs places.*)

LA COMTESSE, *à M*ᵐᵉ *de Kerdec.*

Voyez comme Béatrix est gracieuse et simple.

Mᵐᵉ DE KERDEC, *de même.*

C'est une perfection que cette enfant.

LE NÉCROMANCIEN, *après avoir remis son violon à Spiridion, s'approche de la table.*

Maintenant passons, s'il vous plaît, à quelques tours

d'adresse. Vous allez, Mesdames, être témoins de choses merveilleuses, incroyables, inimaginables ; de choses, qu'excepté moi, personne n'aurait pensé à inventer. Vous verrez de vos yeux, et vous croirez rêver. (*Il tire un bonhomme de sa poche et l'élève en l'air.*) Voici M. Jean de Nivelle, le petit bonhomme. C'est un coureur invisible que j'expédie pour mes affaires les plus importantes. C'est un commissionnaire discret qui n'a jamais divulgué un seul des secrets qui lui ont été confiés ; c'est un serviteur désintéressé qui n'importune jamais son maître pour lui demander ses gages, et un espion d'autant moins suspect qu'il passe dans toutes les sociétés pour être sourd et aveugle. Voyons, M. Jean de Nivelle, préparezvous à partir pour Paris, pour me rapporter des nouvelles de l'exposition ; en revenant, passez par Venise, afin de me dire si la célèbre cantatrice qui s'y trouve en ce moment, a achevé sa barcarolle. Mais quoi, qu'est-ce qu'il y a? (*Il l'approche de son oreille, et feint d'écouter.*) Ah ! c'est bien, je comprends. (*A la société.*) Il me demande sa robe de soie. Vous avez raison, mon ami. Elle vous procurera les politesses de ces gens à préjugés qui ne respectent que l'habit. (*Il tire une robe de sa poche.*) Voici sa robe de soie. Vous voyez, Mesdames, qu'elle est sans aucune préparation, ni d'un côté ni d'un autre. (*Il la retourne en tous sens, puis la met au bonhomme.*) Mais enfin, qu'est-ce encore? Vous n'avez pas fini ? (*Il l'écoute de nouveau.*) Ah ! Il vous faut de l'argent? C'est très-bien. Je sais, mon cher, qu'un voyageur sans argent est comme un apothicaire sans sucre, ou un poëte sans un grain de folie.

***

En voici. Maintenant, partez. Voyons, voyons, ne faites pas le mutin, là ; Passa, Marcia, Cammina. (*Il le fait disparaître.*) Il est parti, Mesdames ! Rien d'un côté ! (*Il retourne la robe.*) Rien de l'autre. Il est parti... Mais non ; c'est lui, c'est bien lui. (*Il le fait reparaître.*) Comment, malheureux !

> Agir de cette guise,
> Au lieu d'aller à Venise ?
> Approche, viens, que je te magnétise.

Là, montrez-vous, Monsieur. Faites voir à la société que vous êtes bien revenu. Saluez à droite, à gauche ; maintenant partez à l'instant et tâchez d'être plus sage. (*Il le fait disparaître.*) Pour cette fois, il est bien parti, et ne reviendra que demain. Rien d'un côté, rien de l'autre. (*Il retourne la robe.*) Vous le voyez à l'endroit, à l'envers... Il est parti.

Mme DE KERDEC.

C'est vraiment très-adroit.

LE NÉCROMANCIEN.

Histoire de rire ! (*Il enlève son chapeau et le présente à chaque dame.*) Examinez, s'il vous plait, mon chapeau. Qu'y a-t-il ? Rien, absolument rien. (*A l'aide.*) Attention ! Spiridion. (*Il frappe le chapeau de sa baguette.*) Eh bien ! à mon commandement, il en sortira une pluie de bouquets..... (*Il tire des bouquets du chapeau et les présente successivement. Avec courtoisie :*) que j'offrirai à ces dames.

FÉLIXA.

Très-joli.

LE NÉCROMANCIEN.

Si la soirée n'était pas si avancée et que je ne dusse
pas me trouver demain chez le gouverneur de Bretagne, je vous ferais, aussi aisément, mille tours de plus
en plus forts. Par exemple, celui qui m'a valu un
tonneau de poudre d'or, du grand sultan ; et cet autre,
qui m'a obtenu, en Chine, la dignité de mandarin.
Mais le temps presse et je préfère vous tirer la bonne
aventure. Descendant de Nostradamus, nul mieux
que moi ne connaît l'avenir.

Il chante : (1)

Dans la petite main
Qu'à toutes je demande,
Je vois ce que commande
L'inflexible destin.
Approchez, jeunes filles,
Timides et gentilles;
Je vais découvrir un trésor,
Des joies, de l'or.

(*Il s'approche des jeunes filles et prend la main de
Mercédès et celle de Félixa.*

D'abord, un brillant avenir,
Grand train, diamants et dentelles.
Mais, las ! des têtes sans cervelles ;
Je vois un gouffre s'entr'ouvrir.

(1) Musique de M. A. de Ste-Marie.

(*A Clélie*) :

> Vous épouserez, par orgueil,
> Un vieux prince à l'humeur sauvage ;
> Il vous tiendra dans l'esclavage,
> Vous n'aurez que larmes et deuil.
> Ah! quittez cet air de courroux,
> Mesdames, soyez raisonnables,
> Dans tout ceci les seuls coupables,
> Convenez-en, c'est vous, c'est vous.
> Dans la petite main, etc.

(*Il examine la main de Béatrix.*)

> Ici, je lis, sans nul effort,
> Que la fortune, en son caprice,
> Vous prépare un destin propice,
> Un héritage, un heureux sort.
> Charmante enfant, de vos vertus,
> Quand vous aurez la récompense,
> Ah! donnez, par votre présence,
> Le bonheur à qui n'en a plus.
> Ne semblez pas douter si fort
> De mon infaillible science;
> Je répète avec assurance :
> Héritage, (*bis*) heureux sort.

(*Il retourne au fond du théâtre.*)

> Dans la petite main
> Que j'ai prise à la ronde,
> J'ai lu, pour tout le monde,
> Les arrêts du destin.
> Adieu donc, jeunes filles,
> Timides et gentilles ;
> Gardez, de ce soir de plaisir,
> Le souvenir.

(*Il salue profondément et sort avec l'aide.*)

CLÉLIE, *avec dépit.*

Ce n'est pas, à coup sûr, le souvenir de ses prédictions que nous garderons.

FÉLIXA.

Un vieux prince et un gouffre, quels épouvantails ! Mademoiselle de Haute-Roche a été plus chanceuse.

BÉATRIX.

Est-ce que vous prêtez foi à ces sortes de prophéties ? Je ne fais qu'en rire.

LA COMTESSE.

Et vous avez raison. Y croire serait une superstition condamnable.

Mme DE KERDEC.

Je ne veux pas vous contredire; pourtant, cette fois, le nécromancien a prédit juste en ce qui concerne une petite personne de ma connaissance.

LA COMTESSE, *souriant.*

Je comprends.

CLÉLIE, FÉLIXA, MERCÉDÈS.

Expliquez-vous de grâce.

Mme DE KERDEC.

N'a-t-il pas annoncé un héritage à Béatrix ? Eh
bien ! il y a longtemps que j'ai résolu de lui assurer
le mien. Sa piété véritable qui lui inspire tant de
douceur à l'égard de tous, sa simplicité, son amour
de l'ordre et du travail, son courage à supporter
l'adversité, lui ont acquis mon affection à jamais. Je
suis heureuse et fière, en même temps, de laisser ma
fortune entre des mains qui en feront un si noble
usage. Et comme je tiens à ce que ma Béatrix
jouisse, sans plus tarder, des avantages que je veux
lui procurer, je la prie de se considérer, dès ce soir,
comme ma fille. En échange (*Elle tend la main à
Béatrix*) je lui demande une petite place dans son
cœur. Je sais qu'elle ne me la refusera pas.

BÉATRIX, *lui baisant la main.*

Chère cousine, je vous aimerai comme une seconde
mère. La mémoire de vos bienfaits ne sortira jamais
de mon cœur, quoique je ne puisse les accepter. Loin
de mes parents, je ne saurais goûter aucun bonheur.
Le bien-être qui m'environnerait me semblerait un
crime, en songeant aux privations qu'ils endurent.
Il n'est aucune satisfaction pour moi, sans leur
amour ; mais cet amour me tient lieu de tout.

Mme DE KERDEC.

Je n'ai jamais eu la pensée de vous séparer d'eux.
Kerdec est assez grand pour les recevoir. Nous ne

formerons qu'une famille. dont vous serez la joie et l'espérance. C'est dit. (*Aux trois jeunes filles*.) Et vous, Mesdemoiselles, tâchez de profiter de la leçon. Votre petit voyage ne vous aura pas été inutile, si vous avez pu y apprendre que la naissance et la richesse ne constituent pas le mérite. Il n'appartient qu'au devoir et à la vertu. (*A Félixa*.) Voilà la seule parure qu'une femme doive ambitionner (*A Clélie*), la seule liberté dont elle puisse s'enorgueillir. Voilà ce qui en fait l'ange gardien du foyer, la gloire et l'honneur de la famille. Travail, dévouement, sacrifices, tout paraît facile à la femme qui a pris pour devise : Devoir et vertu. C'est le secret du bonheur.

FIN.

ROSEAUX

CHARADE EN CINQ ACTES

A L'USAGE DES PENSIONNATS DE DEMOISELLES

PAR

Mlle A. D'OUTRELEAU

P. N. JOSSERAND, LIBRAIRE-ÉDITEUR,
3, PLACE BELLECOUR, 3.

1867

(5)

Typographie de Henri DAMELET, à Lons-le-Saunier.

ROSEAUX

CHARADE EN CINQ ACTES.

～～

Première syllabe.

—

ACTE PREMIER.

LA BELLE ET LA BÊTE.

PERSONNAGES.

SINCER, riche marchand persan.
FATMA, sa fille.
AIKA,　　id.
LA BELLE, id.
TREMBLOTIN, domestique de Sincer.

———

Le théâtre représente une vaste salle garnie de divans et riche-ment décorée à l'orientale. Porte à gauche ; porte au fond donnant dans l'appartement des jeunes filles. Porte à droite ouvrant sur celui de Sincer.

———

SCÈNE PREMIÈRE.

SINCER, LA BELLE, *assise sur le divan.*

SINCER *se promenant à grands pas et se parlant à lui-même.*

Trois cent mille ducats de perdus, si je n'entre-

prends ce voyage... C'est la moitié de ma fortune...
Quel coup porté à l'avenir de mes enfants! Allons!
du courage. Pour éviter un chagrin momentané, ne
préparons pas des remords à notre vieillesse.

LA BELLE, *à part.*

Comme il parait soucieux !

SINCER, *s'approchant de la Belle.*

Ma chère Belle, je viens de prendre une grande
résolution. Je vais partir, sur l'heure, pour Bagdad.
Des affaires importantes me forcent à vous quitter
pour quelques jours.

LA BELLE, *vivement.*

Je ne souffrirai jamais que vous partiez seul, mon
père. (*Elle lui prend la main.*) Vous ne me refuserez
pas de vous accompagner.

SINCER.

Moi, exposer mon enfant chérie aux périls d'un si long
voyage! Jamais! Dailleurs, cette marque de préférence ne ferait qu'augmenter la jalousie de vos sœurs.
Restez avec elles, mon amour, et ne vous inquiétez
pas à mon sujet. Fiez-vous à mon affection qui me
ramènera, bien vite; auprès de vous.

LA BELLE, *s'essuyant les yeux.*

Ah! mon père, quel sacrifice! Je ne vivrai point

jusqu'à votre retour. Je serai dans des frayeurs mortelles. A chaque instant, il me semblera qu'il vous est arrivé quelque malheur.

SINCER.

Ne craignez rien, ma fille. Celui qui accomplit son devoir, marche en assurance, sous la protection des génies bienfaisants. Ne songez qu'à faire preuve de cette sagesse que j'aime en vous, et acceptez avec courage le décret du sort. (*Il se lève.*) Allez avertir vos sœurs de mon départ. Vous reviendrez avec elles recevoir mes adieux. (*Il la conduit vers la porte du fond et la regarde sortir; revenant sur le devant de la Scène.*) O ma fille bien-aimée ! qui ne serait fier d'être ton père? Mon cœur s'émeut à l'idée de me séparer de toi. Combien vais-je être malheureux, privé de tes caresses et de tes soins ! (*Il reste un moment pensif.*) Mais... ne nous abandonnons point à ces tristes pensées; autrement, nous ne serons plus maître de nousmême. Songeons à partir. (*Il ouvre la porte à gauche et appelle.*) Tremblotin !

SCÈNE II.

SINCER, TREMBLOTIN.

TREMBLOTIN, *accourant.*

Plaît-il, mon maître ?

SINCER.

Fais seller mon coursier et prépare-toi à m'accompagner à Bagdad.

TREMBLOTIN, *reculant d'effroi.*

Mon cher maître, que dites-vous ? Etes-vous donc las de la vie, que vous vouliez la risquer dans une entreprise si périlleuse? A Bagdad !... les cheveux me dressent sur la tête, rien que d'y penser. Nous n'en reviendrons jamais, monsieur, croyez-m'en.

SINCER.

Reste, si tu as peur. J'irai seul.

TREMBLOTIN.

Moi, vous laisser aller seul ! Non, monsieur ; je périrai s'il le faut, mais si vous mourez, je veux mourir avec vous. Je cours remplir vos ordres. (*Il fait un pas vers la porte.*)

SINCER.

Et moi, préparer ma valise. (*Il sort par la droite.*)

SCÈNE III.

TREMBLOTIN SEUL. *A peine a-t-il fait un pas hors de la porte qu'il rentre précipitamment.*

Monsieur !... où est-il donc? (*Il va vers la porte à droite.*) Monsieur !.... (*Il revient au milieu du théâtre.* Voyez un peu quel guignon! disparaître comme un éclair, juste au moment où il était si urgent que je lui parlasse. Moi qui voulais le supplier d'y réfléchir à deux fois avant que de se mettre en route. J'ai été tellement abasourdi à cette nouvelle, que je n'ai pas eu la force de lui raconter les aventures surnaturelles arrivées à ceux qui se risquent sur ces chemins déserts... Et cette forêt à traverser... on prétend qu'elle est habitée par les sorciers et les génies. (*Il frissonne.*) Avec çà que j'en ai une frayeur, des génies !... C'est qu'aussi je suis raisonnable, moi ; je ne me ris pas des apparitions comme mon maître. Je les respecte, (*Il s'incline.*) j'ai le bon sens d'y croire. Et dire qu'il est certain que nous en verrons ! Quand ce ne serait que pour punir monsieur de son incrédulité. Ouf! j'ai la sueur froide ; je mourrai, pour sûr, si je ne suis déjà mort. (*Il se tâte.*) Mais qu'est-ce que ce bruit? (*Avec frayeur.*) Quelque génie peut-être. Où me cacher? (*Il court de tous côtés d'un air effaré et se blottit sous une table, au moment où paraissent Fatma et Aïka.*)

SCÈNE IV.

TREMBLOTIN *caché*, FATMA, AIKA.

FATMA.

Personne ? Belle nous a pourtant dit que mon père nous appelait. (*Elle traverse la scène du côté opposé à celui où est Tremblotin et s'assied sur le divan.*)

TREMBLOTIN *à part*.

Cela ne ressemble pas à une voix de génie. (*Il sort la tête.*) Ah! mes maîtresses! c'est encore pis. Je me sauve. (*Il gagne sans bruit la porte à gauche.*)

SCÈNE V.

FATMA, AIKA.

AIKA *s'assied auprès de Fatma et s'appuie sur la table avec affectation.*

Personne. Nous pouvons parler en assurance.

FATMA.

Vraiment, ma sœur, je ne puis croire à mon bonheur. Jouir de ma liberté durant quinze grands jours, au moins; pouvoir m'amuser tout à mon aise, me pa-

rer du matin au soir, sortir et rentrer quand bon me
semblera : peut-on rêver une plus grande félicité ?

AÏKA.

Et ne pas avoir à rencontrer le regard sévère de
mon père ; ne pas entendre cette voix dont le son seul
me fait trembler et qui ne m'appelle que pour me
gronder; comptez-vous cela pour rien ?

FATMA.

Il faut avouer, Aïka, que nous sommes bien mal-
heureuses. Cette petite Belle nous enlève toute l'amitié de notre père. Il est tellement prévenu en sa faveur,
que ses moindres actions sont à ses yeux des merveil-
les.

AÏKA.

Tandis que les nôtres sont toujours des crimes.
Pour lui plaire, il faudrait nous occuper sans cesse
des soins du ménage, comme de viles servantes ;
nous refuser toutes les distractions de notre âge ;
nous conduire, enfin, comme cette hypocrite de Belle,
qui, grâce à ces sacrifices, a su acquérir un tel ascen-
dant sur lui.

FATMA, avec dédain.

Il ferait beau voir que des aînées se laissassent
guider par leur cadette. Mais, fiez-vous à moi ; je
saurai bien rabattre le caquet de cette mijaurée.
Pendant l'absence de mon père, elle sera forcée de

nous obéir, et il faudra qu'à son retour elle ait adopté nos idées.

AÏKA.

Fort bien. Mais, pour le moment, il faut dissimuler notre joie et ne songer qu'à paraître affligéés du départ de notre père. S'il se doutait de nos projets, il serait capable d'emmener Belle, ce qui n'aboutirait qu'à accroître sa prévention pour elle.

FATMA.

J'en mourrais de dépit : aussi, suivrai-je votre conseil que je trouve fort sage. Ciel! j'entends mon père. (*Elle prend son mouchoir et appuie la tête sur sa main.*) Ai-je l'air assez chagrin ?

AÏKA.

Parfaitement. Et moi?

SCÈNE VI.

LES PRÉCÉDENTS, LA BELLE.

BELLE.

Vous voilà bien tristes, mes chères sœurs.

FATMA, *avec aigreur.*

Parce que mon père ne nous honore pas de sa préférence, croyez-vous que nous puissions être indifférentes à son départ?

BELLE.

Ma chère Fatma, que je voudrais ôter de votre esprit cette fausse idée! Comment pouvez-vous accuser mon père, de préférence envers moi, lorsqu'il répartit également entre nous ses dons et ses caresses?

AÏKA.

Tant qu'il vous plaira. Nous ne sommes pas encore aveugles, pour ne pas nous apercevoir de la manière qu'il distribue les uns et les autres. Mais, brisons là, je vous prie. Ce n'est ni le lieu, ni le temps de nous occuper de semblables choses.

BELLE.

Vous avez raison; nous sommes dans une circonstance trop cruelle pour en laisser détourner notre esprit par des bagatelles. Dites-moi : que pensez-vous de ce voyage? Quant à moi, j'en suis on ne peut plus alarmée. J'ai de funestes pressentiments.

FATMA, *froidement.*

J'ai eu des rêves affreux. C'est signe de malheur.

BELLE.

Ah! comme vous dites cela.

AÏKA.

Rassurez-vous. Si mon père perdait la vie dans ce

voyage, nous nous comporterions en bonnes sœurs, à votre égard.

BELLE.

Vous avez mal interprété ma pensée. (*Sincer paraît sur la porte à droite.*) Toutes mes inquiétudes sont pour mon père. La vie, sans lui, m'est insupportable, et s'il meurt, je ne lui survivrai pas.

SCÈNE VII.

LES MÊMES, SINCER, *qui a tout entendu.*

SINCER, *pressant la Belle dans ses bras.*

Non, non ; le Ciel me ramènera dans tes bras, mon enfant chérie. Il récompensera ton amour filial, (*tendant la main à Fatma et à Aïka*) et le vôtre aussi, mes filles. Je ne doute pas de la peine que vous causera mon absence. (*Elles portent leurs mouchoirs à leurs yeux.*) Je vous demande, comme preuve d'affection, de la supporter avec courage. Surtout, soyez sans crainte à mon sujet, et assurez-vous que je ferai toute la diligence possible. Allons, mes enfants, il est temps de nous séparer ; mais, auparavant, il faut me dire ce que vous désirez que je vous rapporte, à mon retour. Parle, Fatma, tu es l'aînée.

FATMA.

Puisque vous avez cette bonté, je serais heureuse de posséder un collier de perles.

SINCER.

Tu l'auras. Et toi, Aïka ?

AÏKA.

Un turban de drap d'argent, avec une aigrette de diamants.

SINCER.

Tu seras satisfaite. A ton tour, ma petite Belle

BELLE.

Je n'ai vraiment besoin de rien, mon bon père ; pour l'amour de moi, vous reviendrez un jour plus tôt.

SINCER.

Non, je veux absolument te rapporter quelque chose.

BELLE.

Eh ! bien, pour vous obéir, je vous demanderai une rose.

SINCER.

Une rose ? Soit. (*Tremblotin entre, portant un manteau et le place sur les épaules de Sincer.*) Maintenant, il faut nous dire adieu. (*Il lève les yeux et les mains au Ciel.*) Puisse le grand Ormuzd vous couvrir de sa protection. Embrassez-moi, mes bonnes filles.

QUATUOR.

Sincer, Belle, Fatma, Aïka (*ensemble*).

SINCER.

Tais-toi, mon cœur,
Remplis le devoir du sage,
Conserve tout ton courage ;
Cache à leurs yeux ta douleur.
Aujourd'hui, sache être père ;
Au destin, quoique sévère,
Obéis avec honneur,
    Tais-toi, mon cœur.

BELLE.

Tais-toi, mon cœur,
Il est bien dur à ton âge,
De conserver ton courage,
Et de cacher ta douleur.
Mais si cet ordre est sévère,
Il t'est donné par un père,
Obéis à ton malheur,
    Tais-toi, mon cœur.

FATMA ÉT AÏKA.

Tais-toi, mon cœur,
Ne détruis pas notre ouvrage,
Sous le voile du courage,
Cache à ses yeux ton bonheur.
En la présence d'un père,
Pour nous toujours si sévère,
Sache feindre la douleur.
    Tais-toi, mon cœur.

(*Ils sortent ; la Belle s'appuie en sanglottant sur l'é-*

paule de Sincer. Fatma lui tient la main et donne les signes d'un violent chagrin. Aïka feint de pleurer, en les suivant.)

TREMBLOTIN *seul, met la main sur son cœur avec déses-*
                    poir. (Il chante.)

> Tais-toi, mon cœur,
> Ne seras-tu jamais sage?
> Aie donc un peu de courage,
> Bats avec moins de frayeur.
>   *(Secouant la tête.)*
> Las! pour moi c'est impossible.
> Je vois un sorcier terrible,
> Je crains quelque grand malheur,
> J'ai peur! J'ai peur!

(Il sort en courant.)

ACTE DEUXIÈME.

—

PERSONNAGES.

SINCER.
TREMBLOTIN.
LA BÊTE.

Le théâtre représente un magnifique jardin; à droite du massi f
de superbes roses; au fond, un banc de pierre.

SCÈNE PREMIÈRE.

SINCER, TREMBLOTIN, *tous deux en costume de voyage,
Sincer est assis sur le banc.*

TREMBLOTIN, *debout.*

Monsieur, vous ne voulez pas me croire. Vous vous
obstinez à rester dans ce jardin, et, depuis deux heures que nous y sommes, nous n'avons pas vu âme qui
vive. (*D'un ton sentencieux.*) Cela tient du sorcier,
Monsieur, cela tient du sorcier.

SINCER, *haussant les épaules.*

Laisse-moi tranquille, poltron. Voilà quinze jours
que tu me casses la tête avec tes sottises. La moindre
feuille qui tremble, te fait tomber en syncope. Tu n'as

la tête remplie que d'apparitions, de génies et de sorciers. Quant à moi, je suis fatigué ; mon cheval a besoin de repos. Je me trouve bien ici et j'y reste.

TREMBLOTIN, *regardant autour de lui en tremblant.*

Ah ! Monsieur, quelle imprudence ! Plaise à Mithras que vous ne vous en repentiez pas.

SINCER.

Je ne me repens que d'une chose : c'est de n'avoir pas emporté de provisions, car je meurs de faim et je regrette de n'avoir pas rencontré le maître de ce palais, attendu que je lui aurais, sans façon, demandé à dîner.

TREMBLOTIN, *reculant en joignant les mains.*

Dîner chez un magicien, pour qu'il me donne des philtres, des mets surnaturels qui m'ensorcelleraient ! J'aimerais mieux rester huit jours sans manger. (*Une table servie, sort de l'allée voisine et vient se placer devant Sincer.*) Ciel ! que vois-je ? Une table qui marche seule ! Qu'est-ce que je vous disais, monsieur ? sauvons-nous.

SINCER.

Il est vrai que c'est étrange. Mais, puisqu'on a tant d'attention à mon égard, je ne ferai pas l'impolitesse de refuser le repas qui m'est offert. (*Il se met en devoir de se servir.*)

TREMBLOTIN.

Par pitié, mon maître, ne touchez à rien ; c'est pour sûr de *la poison*. Au nom de mademoiselle Belle qui vous aime tant, n'approchez pas de cette table ! (*Il se jette à genoux.*)

SINCER, *impatienté.*

Imbécille ! Un enfant aurait plus de courage que toi ! Allons, mets-toi là et reprends des forces pour continuer le voyage.

TREMBLOTIN.

Moi, monsieur, je n'ai garde. Si l'on attentait à vos jours, je me ferais tuer pour vous. Mais m'assassiner de gaîté de cœur, je ne suis pas si fou.

SINCER, *mangeant.*

Tu préfères te laisser mourir de faim ? Libre à toi. En tous cas, mon genre de mort vaut mille fois mieux. Je t'assure qu'il est des plus agréables. Je n'ai jamais mangé de mets aussi délicieux.

TREMBLOTIN.

Je le sais bien ; preuve qu'ils sont ensorcelés. Tenez, croyez-moi, si vous voulez, ils ont déjà produit leur effet. Vous n'êtes plus le même, monsieur ; foi d'honnête homme, vous êtes tout vert.

SINCÉR, *riant*.

Ah! c'est charmant. (*Il boit.*) L'excellent vin !

TREMBLOTIN.

Riez, Monsieur. Eh bien ! maintenant vous êtes
tout jaune.

SINCÉR.

Mon pauvre Tremblotin ! c'est la faim qui te trouble
déjà la vue. Tu paieras peut-être cher ton entête-
ment. (*Se levant*) Voilà qui est fait. Nous pouvons
nous remettre en route. Je voudrais bien remercier
l'aimable châtelain qui m'a traité avec tant d'hospitalité. Puisqu'il est invisible, je le prie d'accepter
mes regrets et l'expression de ma vive gratitude. (*Il
se verse à boire.*) Je bois à sa santé.

TREMBLOTIN.

Miséricorde ! boire à la santé d'un sorcier.

SINCÉR.

Partons. (*La table se retire et disparaît. Il s'ache-
mine vers le massif.*) Ha! les belles roses. Moi qui en
cherche pour ma chère Belle, je n'en trouverai pas
de pareilles.

TREMBLOTIN, *lui retient le bras.*

Mon cher maître, écoutez un fidèle serviteur. N'em-
portez rien de cette demeure maudite.

SINCER, se dégageant.

Veux-tu te taire. (Il cueille une rose. Un bruit épouvantable se fait entendre. La Bête s'élance du massif et
se jette sur lui avec un horrible rugissement.)

TREMBLOTIN, se précipite sous un buisson.

C'en est fait ! Nous sommes morts.

SCÈNE II.

SINCER, TREMBLOTIN, LA BÊTE.

LA BÊTE, avec indignation.

Malheureux !... Ingrat !... Est-ce ainsi que tu reconnais mes bontés ? Je te reçois comme un ami, et
toi, en remerciement, tu oses me voler mes roses
auxquelles je tiens tant ! Ta témérité sera punie.
Tu mourras. (Il rugit.)

TREMBLOTIN, à part, respirant à pein .

Là ! Qu'est-ce qui avait raison ?

SINCER, avec calme.

Pardonnez-moi, mon Prince. Je n'avais nullement
l'intention de vous offenser. J'ai été trop sensible à
vos bienfaits, pour y répondre par l'ingratitude. Si
j'eusse cru vous causer la moindre peine, je n'aurais

eu garde de toucher à ces fleurs. Le désir de satisfaire ma fille chérie qui m'avait demandé une rose,
m'a seul porté à commettre cette action.

LA BÊTE.

Tu as une fille, dis-tu?

SINCER.

Hélas! j'en ai trois; mais une surtout, qui fait ma
joie ; (*D'une voix émue.*) une surtout, qui joint aux
dons de la nature et de l'esprit toutes les qualités du
cœur, et m'aime si tendrement qu'elle ne se par-
donnera jamais d'avoir été la cause de ma mort et
qu'elle me suivra au tombeau. Elle seule me fait re-
gretter la vie.

LA BÊTE, *d'un ton radouci.*

Ecoute : Es-tu homme à tenir ta parole ?

SINCER, *fièrement.*

Je n'y ai jamais manqué.

LA BÊTE.

Eh bien ! je vais te mettre à l'épreuve. J'étais résolu à t'ôter la vie ; mais la pensée du désespoir de ta
fille que tu m'as dépeinte si parfaite et si belle, a
excité ma compassion. Oui, ma compassion. Sous
cette horrible enveloppe, je cache un bon cœur.

TREMBLOTIN, *toujours sous le buisson ; à part.*

Il n'est pas gêné ; un bon cœur, qui ne pense qu'à dévorer le monde !

SINCER.

Mon prince, je m'en suis déjà aperçu.

LA BÊTE.

Trêve de compliments ; je me nomme la Bête et non mon prince. Or donc, voici ce que j'ai décidé : je suspens ma vengeance et t'accorde trois mois. Ce terme expiré, tu m'amèneras ta fille, et si elle refuse, tu viendras subir ta peine ; car ta mort ou la main de ta fille peut seule réparer l'injure que tu m'as faite. (*Sincer tressaille.*) Réfléchis : si tu ne te sens pas le courage de me donner ta parole, tu périras sur l'heure. (*Il se promène.*)

TREMBLOTIN, *tirant Sincer par son manteau.*

Promettez toujours, mon maître ; au nom de Mademoiselle Belle, promettez.

SINCER, *à part, avec désespoir.*

O mon enfant chérie ! je ne sais quel sacrifice est le plus grand, ou de ne jamais te revoir, ou de te livrer à ce monstre. Génie du bien, inspire-moi.

LA BÊTE, *revenant auprès de Sincer.*

Eh bien ! as-tu décidé ?

SINCER.

J'accepte vos conditions. Dans trois mois, nous nous reverrons, je vous le jure. (*Étendant la main*).

LA BÊTE.

Prends garde! si tu n'accomplis ton serment, j'irai te chercher au bout du monde et ta fille mourra avec toi. (*Il chante*) :

Mon pouvoir est immense ;
Tout courbe sous mes lois,
Tout cède à ma puissance,
Obéit à ma voix (*Bis*). (fin).

Au seul nom de la Bête,
Les Génies pleins d'effroi
Courbent chacun la tête,
En me nommant (*Bis*) leur roi.
Mon pouvoir, etc.

SINCER.

Je consens à périr si je manque à ma parole.

LA BÊTE.

Je suis content. Tu peux partir maintenant et emporter cette rose. Bon voyage, et mes compliments pour ta fille. (*Elle le salue de la main et disparaît.*)

SINCER.

Ah ! père infortuné ! vite, quittons ces lieux funestes. Mais où est Tremblotin ? Il se sera caché. (*Il re-*

garde de tous côtés.) Tremblotin ! (*Il l'aperçoit sous le buisson et le tire par la manche.*)

TREMBLOTIN.

Ne me touchez pas, Monsieur. Je suis mort.

SINCER.

Relève-toi, poltron. (*Tremblotin se relève, la main sur les yeux, de crainte de voir la Bête.*) Voilà, comme tu te fais tuer pour moi.

TREMBLOTIN.

Ah ! Monsieur, je me serais fait tuer par un homme; mais par un être qui n'a pas de nom, qu'on ne sait s'il sort du ciel ou de l'enfer !... j'y rêverai jusqu'à ma mort, Monsieur... Comment avez-vous pu le regarder ? Pauvre Mademoiselle Belle !

SINCER, *soupirant.*

Hélas ! (*Il s'en va et aperçoit la rose par terre ; il la ramasse.*) Que tu me coûtes cher, fatale rose ! (*Ils sortent.*)

Deuxième syllabe.

—

ACTE TROISIÈME.

LE CHARLATAN.

PERSONNAGES.

LE CHARLATAN.
GHIOCOLORE, son aide (10 ans).
DEUX DEMOISELLES.
MARTINE, leur cuisinière.
UNE VIEILLE COMTESSE.

La scène se passe au XVIe siècle.

———

Le théâtre représente une place publique; dans le fond, on voit une boutique de charlatan, avec des flacons de toute espèce.

———

SCÈNE PREMIÈRE.

LE CHARLATAN, GHIOCOLORE. *Le charlatan est debout, derrière l'étalage ; Ghiocolore est à l'extrémité du théâtre à droite, une trompette à la main; il semble regarder attentivement ce qui se passe dans la rue voisine.*

LE CHARLATAN, *allant secouer Ghiocolore par le bras.*

Eh bien! nigaud, que fais-tu là, à bayer aux corneilles, au lieu de sonner de la trompette pour attirer les chalands? Est-ce que ton estomac ne te dit pas que tu n'as pas dîné?

GHIOCOLORE.

Pour çà, il me dit bien aussi, que je n'ai pas déjeûné. Vous croyez que les gens vivent de l'air du temps. Gros comme une noix de pain, tous les matin ! V'là de quoi vous donner des forces, pour s'époumonner à souffler, tout le jour, dans cette vilaine machine. (*Il montre la trompette.*)

LE CHARLATAN.

A qui la faute? Si tu soufflais un peu plus et que tu susses mieux appeler les curieux, nous rentrerions, le soir, avec la bourse moins plate, et je pourrais te régaler d'un morceau de fromage. Ah ! mon garçon, tu ne comprends pas l'excellence de ton état.

GHIOCOLORE, *haussant les épaules.*

Bel état ! Aide charlatan !

LE CHARLATAN, *avec feu.*

Comment ! bel état. C'est le premier échelon de la fortune. De nos jours, un charlatan entendu peut arriver a posséder les mines de la Californie. Ne vois-tu pas que le monde ne veut pas de la vérité ? Talent, mérite, dévouement, qu'est-ce que cela? de quoi mourir à l'hôpital. Il faut jeter de la poudre aux yeux. La folie, l'extravagance, c'est ce qu'on nomme

sage-se. Le plus savant est celui qui sait mieux en
faire accroire. C'est l'instant de notre règne, té dis-
je. A nous la gloire, les honneurs, la richesse ; et nos
neveux, en parlant de notre temps, diront : siècle des
Charlatans, comme on dit : siècle d'Alexandre. (*Il
épousselte ses flacons.*)

SCÈNE II.

LE CHARLATAN, GHIOCOLORE, MARTINE

MARTINE. *Elle débouche d'une rue, à gauche, et s'avance
sur le devant du théâtre, sans voir le Charlatan.*

Depuis deux heures que je cherche cette bou-
teille de parfumerie, je ne pouvons pas la dénicher.
Mamzelle va être dans une colère !

LE CHARLATAN *se retourne et aperçoit Martine.*
Bon ! Voilà quelqu'un. En avant la trompette.

GHIOCOLORE.

Ton, ton, ton, ton, venez Messieurs, venez Mesdames ; poudres, pommades, eaux merveilleuses, quoi
que vous désiriez, vous serez satisfaits.

MARTINE.

Ah ! quelle chance. Je trouverons peut-être là ce
que je voulons. *(Elle s'approche du charlatan.)* Ha çà,

est-ce que vous avez du lait antasmatique, vous
autres?

LE CHARLATAN.

Antiphélique, voulez-vous dire?

MARTINE.

Antifélix ou antasmatique, c'est la même chose.
C'est pour faire passer les taches de rousseur.

LE CHARLATAN, *lui présente un flacon.*

En voici ; je ne manque de rien. Je vous conseille,
aussi, de prendre ce flacon. (*Il en prend un.*) C'est une
eau merveilleuse, de ma composition. Les teints les
Plus affreux ne résistent pas à son action. C'est un
oxyde de potassium, mêlé de chlorure de calcium,
qui produit le même effet que le chlorure de sodium
sur le linge.

MARTINE, *à part.*

Voyez un peu, quel homme savant! Je ne pouvons
pas le comprendre.

LE CHARLATAN.

Achetez-le, croyez-moi. Vous en avez bon besoin,
sans vous fâcher. Vous verrez que dans huit jours,
votre teint égalera la blancheur du lys. Tenez, voici
une médaille qui m'a été donnée par la reine d'Ethio-
pie, dont la peau noire était devenue comme de la
neige, grâce à mon eau.

MARTINE.

Tout de bon?

LE CHARLATAN.

Parole d'honneur. Aussi, l'année prochaine je compte aller au Congo, et, dans dix ans, ce sera chose inconnue qu'un nègre.

MARTINE.

Ah ! ben, il faut que je vous amène mes maîtresses. Enne songeont, du matin au soir, qu'à inventer de nouvelles pommades, pour se conserver le teint. De peur que le soleil ne les hâle, elles mettent la maison dans une complète obscurité, que je me croyons dans le purgatoire. C'sont celles-là qui vont vous faire gagner de l'argent.

LE CHARLATAN.

Dépêchez-vous de les conduire, car je ne suis que de passage et une occasion pareille ne se retrouve pas. (*Martine sort.*) La bonne aubaine, Ghiocolore! Si les maîtresses ont autant d'esprit que la servante, tu peux t'attendre à ne pas manger ton pain sec, ce soir. Prépare-toi à bien me seconder.

GHIOCOLORE.

Moi, je ne sais pas mentir comme vous. Vous dites des contes bleus avec une assurance...

LE CHARLATAN, *regardant*.

Une vieille comtesse, pour sûr. Vite, ta trompette.

GHIOCOLORE

Ton, ton, ton, ton. Venez ! Messieurs ; venez, Mesdames. Poudres, pommades, eaux merveilleuses, quoi que vous désiriez, vous serez satisfaits.

SCÈNE III.

LES PRÉCÉDENTS, UNE VIEILLE COMTESSE.

LA COMTESSE, *regardant Ghiocolore*.

C'est cela même. (*Elle s'approche du charlatan.*) Monsieur, vous vous êtes annoncé, dans les journaux, comme possédant l'art de détruire les rides. Je voudrais faire l'essai de votre talent.

LE CHARLATAN, *s'inclinant*.

Toujours prêt à vous servir. Rien n'est plus facile Une légère couche de cet élixir de glucose, et votre front deviendra aussi uni qu'il l'était à quinze ans. Cela ne coûte que vingt francs le flacon.

LA COMTESSE, *mettant l'argent sur la table*.

C'est bien cher. (*Elle prend le flacon.*)

LE CHARLATAN.

Un de mes talents surprenants, c'est de mettre des grains de beauté à tous ceux qui en désirent. Vous devriez essayer. La beauté sied à tout âge ; d'ailleurs, je vous le répète, l'usage de cet élixir *(Il montre le flacon qu'elle tient à la main)* vous ramènera à votre printemps. Voyons, décidez-vous. Cela ne fait point de mal. Quelques gouttes de cette mixture de sulfate de fer et d'acide chlorhydrique, et vous avez pour la vie les plus jolis signes.

LA COMTESSE.

C'est tentant. Me garantissez-vous qu'il n'y a aucun danger ?

LE CHARLATAN.

Du danger ! Mais ignorez-vous que je suis chimiste, et docteur, par-dessus le marché ? C'est, au contraire, un antidote contre les maux de tête. Je vois que vous me prenez pour un charlatan. Erreur ! grossière erreur ! Les Anglais me nomment Quack, c'est-à-dire savantissime. Allons, approchez sans crainte. *(Il trempe un pinceau dans la mixture et lui met trois signes.)* Voilà l'opération terminée. *(Il la considère.)* Ravissant ! Vous allez faire mourir de dépit toutes les jeunes filles.

LA COMTESSE.

Je cours me voir au miroir. *(Elle sort en souriant.)*

GHIOCOLORE, *riant.*

Ha ! ha ! ha ! la vieille folle !

LE CHARLATAN.

En voici qui ont l'air de ne lui rien céder.

SCÈNE IV.

GHIOCOLORE, LE CHARLATAN, MARTINE, LES DEUX DEMOISELLES.

L'AINÉE.

Est-il vrai, Monsieur, que vous possédiez des eaux merveilleuses pour embellir le teint ?

LE CHARLATAN.

Merveilleuses ! vous l'avez dit. Appréciateur de l'importance avec laquelle on doit traiter la conservation de la peau, j'ai fait une étude approfondie de tout ce qui peut concourir à atteindre ce but. Rien ne m'est inconnu, soit dans le règne végétal, soit dans le règne animal ou dans le minéral. J'ai donc vérifié que tout ce qui tient au règne animal, comme graisses, pommades, onguents, est excessivement nuisible à la beauté de la peau, et que l'usage des diverses eaux spécifiques doit seul être adopté.

LA CADETTE.

Avez-vous quelque chose, pour conserver les cheveux ?

LE CHARLATAN.

Non-seulement pour les conserver, mais pour en faire croître sur la tête la plus chauve. C'est l'extrait du suc de mille plantes aromatiques, recueillies autour des glaciers des Alpes. L'effet en est si prodigieux, qu'une dame en ayant renversé, par mégarde, un flacon sur sa levrette, cet animal devint, en peu de temps, le plus bel épagneul. Quant à mon aide, que vous voyez, et sur la tête duquel tous les artistes coiffeurs avaient épuisé leurs recettes, une semaine a suffi pour lui donner la chevelure la plus épaisse. Et cela ne fait éprouver aucune douleur, n'est-ce pas, Ghiocolore ?

GHIOCOLORE.

Je ne m'en suis pas seulement aperçu.

MARTINE, *à l'aînée.*

Quand je vous disais qu'il a la science infuse.

LE CHARLATAN.

Allons, Mesdames, choisissez. (*Il chante.*)

AIR DE L'ÉLISIRE. (*Una tenera occhiatina.*)

Elixir odontalgique,
Poudre, essence, eau balsamique,

Extrait, fluide, spécifique,
Tout est d'un effet magique. .
A mille lieues à la ronde,
Jeune, vieille, brune ou blonde,
Riches, pauvres, grands du monde,
Viennent chercher mes onguents.
Grâce à ces produits excellents,
Plus de rides, plus de maux de dents.
Mon eau sur votre visage,
Des ans, détruit le ravage ;
Donne du lys, la blancheur,
De la rose, la fraîcheur.
Et rendre le teint magnifique,
N'est pas son privi'ège unique;
En augmentant la beauté,
Il y joint force et santé.
    Allons, dépêchez,
    Voyez, choisissez.
    Oui, je vous invite,
    A prendre bien vite.
    Allons, dépêchez,
    Voyez, choisissez,
    Car sous le soleil,
    Il n'y a rien de pareil.

Vous doutez peut-être de l'efficacité de mes nom-
breuses eaux? Je vais vous en donner la preuve. Je
choisis au hasard, un œuf coloré. (*Il prend un œuf.*)
Bon ! en voici un rouge. Après y avoir versé quelques
gouttes de ce mélange, remarquez que le rouge tourne
au bleu. (*Il verse le contenu d'un flacon sur l'œuf.*)
Redoublons la dose. Comment est l'œuf maintenant?

LA CADETTE.

D'un blanc superbe ; c'est incroyable,

LE CHARLATAN.

Vous l'avez-vu, de vos yeux vu! Il est incontestable que la même transformation doit s'opérer pour le teint.

L'AINÉE.

Vite, Martine, prends six bouteilles de cette composition. *(Au charlatan.)* Tenez, monsieur, voici six pièces d'or. *(A sa sœur.)* Quel bonheur ! je pourrai donc paraître, sans crainte, à côté de cette marquise dont le teint éclipse le mien.

LA CADETTE.

Je me réjouis, d'avance, de la jalousie qu'elle éprouvera en vous voyant. Partons, de peur qu'elle ne nous rencontre ici. *(Elles sortent.)*

LE CHARLATAN, *rangeant ses fioles dans une boîte.*

Et nous aussi, Ghiocolore, partons. Nous avons eu une bonne journée. Je voudrais rencontrer souvent de ces têtes folles, qui, faisant de leur beauté leur unique occupation, dépensent un argent précieux à mille drogues, lesquelles, le plus souvent, n'aboutissent qu'à les défigurer ; et c'est la juste punition de leur vanité.

GHIOCOLORE, *prenant la boîte.*

Malgré vos beaux sermons, vous n'êtes pas fâché

qu'elles aient ces travers, autrement, vos eaux ne produiraient pas le seul effet que je leur connaisse.

LE CHARLATAN.

De se transformer en or dans mes mains, n'est-ce pas? C'est aussi le seul que je désire.

Le tout.

—

ACTE QUATRIÈME.

LE ROI MIDAS.

PERSONNAGES.

MIDAS, roi de Phrygie.
ARBACE, capitaine de ses gardes.
PHILOXÈNE, barbier de Midas.
MIRZA, femme de PHILOXÈNE.
MANDANE, amie de Mirza.
Plusieurs gardes; promeneurs en costume phrygien.

Le théâtre représente une rue. Au fond, la maison de Mandane; à droite, celle du barbier. Le jour est à son déclin.

SCÈNE PREMIÈRE.

MIRZA, *puis* PHILOXÈNE.

MIRZA, *sur la porte, regardant de tous côtés; avec impatience :*

Ah! çà, mon mari, ne veut pas dîner aujourd'hui. Que les hommes sont égoïstes! Ils ne s'inquiètent jamais, si leurs femmes ont faim ou non. (*Elle*

6

fait quelques pas dans la rue.) Au fait, pourquoi l'at-
tendrais-je? Ma patience est à bout; je vais me mettre
à table. (*Elle rentre.*)

PHILOXÈNE, *débouchant par la droite, d'un air préoccupé.*

Ma tête! Il y va de ma tête. (*Il se frappe le front.*)
Il l'a juré! Il m'a donné sa parole royale, que si j'ou-
vrais seulement la bouche... (*Il se promène avec agita⁻
tion.*) Et... je connais le roi Midas. Il ne badine point.
Quand il l'a dit, c'est dit. Il est entêté comme un â...
ah! malheureux! qu'allais-je prononcer?... Personne
ne m'a entendu au moins? (*Il regarde de tous côtés.*)
O Dieux de l'Olympe! y eut-il jamais destinée pareille
à la mienne? Savoir une chose si extraordinaire et
ne pouvoir la raconter à âme qui vive. Si j'en instrui-
sais seulement ma femme! Mais Mirza est si bavar-
de! (*Avec indignation.*) Est-ce affreux d'être bavard!
Mirza, met la tête à la fenêtre.) Si j'étais sûr de sa
discrétion, j'aurais pu me décharger de ce poids qui
m'étouffe. Comme c'est lourd un secret!

MIRZA, *sortant de la maison et allant tirer Philoxène par
la manche.*

Ha! Ha! vous voilà. Qu'est-ce à dire, que vous
rentrez si tard?

PHILOXÈNE, *à part.*

Que répondre? (*Haut.*) Ma chère Mirza, ne vous
fâchez pas. Je vous promets que ce sera la dernière
fois.

MIRZA, *avec colère.*

C'est votre refrain. Je parie que vous êtes encore resté à jaser. Vous avez une langue ! Dans toute la Phrygie, on ne trouverait'pas la pareille. Aussi, suis-je résolue à ne plus passer par vos caprices et, pour commencer, je vous avertis que j'ai déjà dîné.

PHILOXÈNE.

Vous avez fort bien fait, attendu que je ne dînerai pas aujourd'hui.

MIDAS, *vivement.*

Vous avez dîné dehors sans m'en avertir ?

PHILOXÈNE.

Calmez-vous, je n'ai pas dîné. Je suis malade... (*avec embarras*) d'impression.

MIRZA *s'approchant d'un air radouci.*

Vous est-il arrivé quelque malheur ?

PHILOXÈNE, *avec explosion.*

Ah ! le plus grand qui me pût arriver.

MIRZA.

Et vous ne me dites rien ? Quelle marque de confiance !

PHILOXÈNE.

Il m'est défendu de le révéler sous peine de la vie.
Vous ne voudriez pas être cause de ma mort? Ainsi,
Mirza, je vous demande, comme preuve d'amitié, de
ne jamais ouvrir la bouche là-dessus, à cette Mandane à laquelle vous allez tout répéter.

MIRZA, *piquée.*

Douler de ma discrétion ! C'est trop fort! Allons,
racontez-moi vite ce que c'est. (*Mandane paraît devant sa porte et les observe.*)

PHILOXÈNE.

Ah ! que je le voudrais. Une histoire si merveilleuse ! Mais, je vous répète qu'il m'est défendu d'en
parler, et, afin que vous n'en puissiez douter, je vous
apprendrai que l'ordre vient du roi lui-même.

MIRZA, *avec prière.*

Mais vous pouvez bien l'enfreindre pour votre
femme. Mon cher Philoxène, (*Elle prend sa main.*) ne
me refusez pas ce plaisir, (*il retire sa main.*) je vous
en prie. (*Il se détourne et fait quelques pas, Mirza le suit.*
Vous allez me rendre malade, si vous ne me conten-
tez. (*Philoxène se sauve en courant.*) Ah ! le méchant,
(*d'une voix élevée.*) Il est entêté comme un âne.

PHILOXÈNE, *avec terreur.*

De grâce, Mirza, si vous tenez à mon existence, ne
prononcez jamais ce mot. Il me donne le frisson. (*Il*

arrive sur le seuil de sa porte et se retourne.) Jamais !
entendez-vous ? *(Il rentre.)*

MIRZA, *seule.*

Il faut absolument que je découvre ce mystère.
(Elle rentre et referme la porte.)

SCÈNE II.

*Pendant cette scène, le jour baisse peu à peu, et à la fin, il
fait tout-à-fait nuit.*

MANDANE, *seule ; elle s'avance sur le devant de la scène.*

Il se passe sûrement quelque chose d'extraordinaire. Philoxène avait un air désespéré ; il parlait à
sa femme avec mystère; ils ne sont pas venus, comme
de coutume, passer la soirée chez moi. Cela n'est pas
naturel. Ah ! je suis bon observateur; rien ne m'é-
chappe; un coup d'œil me suffit. *(Elle regarde du côté
de la maison du barbier, où l'on aperçoit de la lumière.)*
Si je pouvais seulement regarder par la fenêtre, ce
qu'ils font en ce moment. Ce n'est pas que je sois
curieuse. Fi donc ! Mais, je suis prudente. Philoxène
est barbier à la Cour. Poste périlleux. Il lui est plus
facile qu'à d'autres, d'entrer dans un complot. Il se sera
laissé tenter par l'or de quelque grand seigneur, pour
assassiner le roi. C'est cela même Voyez donc, comme
je devine tout. Bon ! le voilà qui sort. Je vais me cacher,
et à la faveur des ténèbres, je pourrai peut-être éclair-
cir mes doutes *(Elle se retire dans un enfoncement.)*

SCÈNE III.

MANDANE, *cachée* ; PHILOXÈNE.

PHILOXÈNE, *extrêmement agité et parlant à demi-voix.*

Vite, un peu d'air... J'étouffe, je me meurs. Tout
le monde dort, et moi seul, je ne puis fermer l'œil.
Aussi, n'y a-t-il que moi, sur terre, qui sache ce secret terrible. Je voudrais pouvoir l'oublier : il me
poursuit partout. Je vois toujours ces... Ciel ! j'allais
encore me trahir. Ah ! malheureux ! si je ne trouve
pas moyen de me délivrer de ce poids, je n'ai pas
trois jours d'existence. Qui a-t-on vu vivre sans manger ? sans dormir ? sans parler, surtout, car je n'ose
desserrer les dents, et, pour comble de malheur, avoir
une femme qui ne me laissera pas en repos, jusqu'à
ce que je lui aie tout avoué !... (*Il s'essuie le front.*)
Je n'en puis plus. Je vais le laisser échapper malgré
moi. (*Il trébuche.*) Mais, qu'y a-t-il là par terre ? une
pioche ? O idée lumineuse ! C'est toi, divin Apollon, qui
me l'envoies. Je suis sauvé. (*Il creuse un trou, se baisse
et crie*) : Midas, le roi Midas, a des oreilles d'âne. (*Se
relevant.*) Je respire ; et je suis tranquille. Ce n'est
pas ce confident là, qui me trahira jamais. (*Il rentre.*

MANDANE.

Demain, je viendrai voir ce qu'il a caché là, puis
je ferai ma déclaration. (*Elle rentre*).

ACTE CINQUIEME

Même décor qu'au IV⁰ acte; belle touffe de roseaux, à gauche.

SCÈNE PREMIÈRE.

MIRZA, *filant à sa fenêtre*; MANDANE.

MANDANE, *se promenant d'un air préoccupé.*

(*A part.*) C'est à en mourir de dépit. Me creuser l'esprit, durant trois longues semaines, à chercher le mot de cette énigme et ne pouvoir en venir à bout! Depuis la nuit où j'ai été témoin de l'agitation de Philoxène, je n'ai plus eu un instant de repos, et je ne serai tranquille que lorsque j'en aurai découvert la cause. Le silence inusité de Mirza qui affecte de m'éviter, m'est une preuve de la gravité de ce secret. Quoi! me surpassera-t-elle en finesse? Sera-t-il dit que je ne réussirai point à la faire parler, moi, Mandane, la femme la plus spirituelle, la plus rusée du quartier! Non, il faut que la victoire me reste et sans plus tarder, je vais tenter un nouvel assaut. (*Elle s'approche de la fenêtre de Mirza.*) La belle journée! Mirza. Venez donc prendre un peu l'air, au lieu de pâlir sur l'ouvrage. Vrai, cela vous fait du mal; vous n'avez pas bonne mine.

MIRZA, *soupirant.*

Eh ! comment en serait-il autrement ? Lorsque la douleur consume l'âme, la santé doit s'en ressentir.

MANDANE.

Vous avez des chagrins, Mirza, et vous ne venez pas les déposer dans le cœur de votre meilleure amie ! Qui a pu ainsi me ravir votre affection ? (*Elle feint de pleurer.*)

MIRZA, *déposant sa quenouille et s'appuyant sur la fenêtre.*

Au nom de la grande Diane d'Ephèse, chassez ces injurieux soupçons. Ils augmentent ma peine. Ah ! s'il vous était donné de lire dans ma pensée, vous verriez que mon silence est bien indépendant de ma volonté.

MANDANE.

Je veux vous croire. L'idée que vous songez à briser les liens de notre amitié, me fait mourir. Mais, (pardonnez à ma franchise) votre conduite dément vos paroles. Suis-je encore votre amie, lorsque vous me refusez toute confiance ?

MIRZA.

Sans la dure loi de l'obéissance, il y a longtemps que je vous aurais fait part de mes tourments !

MANDANE.

Je gage que c'est Philoxène qui vous rend muette.

MIRZA.

Vous l'avez dit. Il m'a défendu d'en souffler mot à qui que ce fût. Que c'est tyrannique, les maris !

MANDANE, *à part*.

Nous y sommes. (*Haut.*) Pauvre victime ! c'est inouï. Mais, je ne puis me persuader que Philoxène m'ait comprise dans cette défense. Vous n'y résiste- rez pas, si vous ne versez le trop plein de votre âme, dans celle d'une amie. Dans quinze jours, tout au plus, le bûcher funèbre s'élèvera pour vous.

MIRZA.

Ah ! je ne le sens que trop. Mais, savez-vous qu'il y va de la vie de mon époux ? Cependant, si vous vouliez me jurer que vous me garderez un secret inviolable...

MANDANE, *avec feu*.

Je le jure ! on m'ôterait plutôt la vie, que de me faire révéler la moindre chose qui pût vous nuire.

MIRZA.

Entrez donc ; il n'est pas prudent de parler de ces choses, en place publique. Vous saurez tout, c'est-à- dire mes conjectures, car je ne suis pas plus instruite que vous. (*Elle va ouvrir la porte à Mandane.*)

SCÈNE II.

PHILOXÈNE, ARBACE, *arrivant par la gauche, en causant.*

ARBACE, *à Philoxène.*

Oui, mon cher, c'est encore un secret ; mais c'est
comme je vous le dis. Sa Majesté veut récompenser
votre fidélité. Elle ne parle de rien moins, que de vous
confier le gouvernement de la Haute-Phrygie. Il parait que vous lui avez rendu d'importants services.

PHILOXÈNE, *d'un air important.*

Ce n'est pas pour me vanter, mais Sa Majesté a
peu de serviteurs aussi dévoués que moi. Je lui en
ai donné la preuve dans les circonstances les plus difficiles. (*A part.*) Je veux être pendu, si je lui ai jamais
rendu d'autres services que ceux qu'exige mon office.

ARBACE.

Je vous félicite de ce que l'on vous rende la justice
qui vous est due. Dans le monde, c'est chose rare.
Moi, je n'ai pas cette chance. Depuis quinze ans que
je sers Midas, je ne suis encore que simple officier.

PHILOXÈNE.

Soyez tranquille ; je ne vous oublierai pas. Le premier emploi vacant sera pour vous.

ARBACE, *s'inclinant.*

Mille grâces ! comptez sur ma reconnaissance.

PHILOXÈNE, *s'arrête devant sa maison, et invite Arbace de la main.*

Veuillez me faire l'honneur d'entrer un moment vous reposer et d'accepter quelques rafraîchissements.

ARBACE.

Malgré moi, je dois refuser. L'heure m'appelle au palais, et vous savez qu'un guerrier ne connaît que son devoir. Sans adieu. *(Il se retire et fait quelques pas pour s'en aller; revenant.)* Ah! j'oubliais; le Roi m'a chargé de vous remettre ces tablettes. C'est une grande faveur.

PHILOXÈNE, *après avoir lu.*

Vous pouvez dire à Sa Majesté, que j'ai fidèlement rempli ses ordres.

ARBACE.

C'est bien. Je salue votre Hautesse. *(Il sort.)*

SCÈNE III.

PHILOXÈNE, *seul.*

Ah, Hautesse! Quelle joie! Je n'en puis croire à mes oreilles Comment! barbier, mon ami, tu vas devenir un puissant seigneur, un grand homme enfin, c'est synonyme! La richesse ne donne-t-elle pas tout? Ce que c'est, que de savoir garder sa langue et aussi, que de mentir à propos. Combien de contes n'ai-je pas faits à Mirza, sur cette aventure, et comme j'ai bien juré à Arbace, que je n'en avais jamais ouvert la bouche. Vive la finesse ! (*Il se frotte les mains.*)

SCÈNE IV.

PHILOXÈNE, MIRZA.

MIRZA.

Faut-il donc, toujours, que je vous vienne chercher? Avez-vous oublié que vous devez me conduire à cette fête?

PHILOXÈNE.

Tout beau, Madame; plus de respect, s'il vous plaît. Savez-vous à qui vous parlez ?

MIRZA.

Je parle à mon mari, donc; à Philoxène, le barbier du roi.

PHILOXÈNE.

Alors vous vous trompez ; je ne suis pas le barbier du roi, mais un des gouverneurs de son royaume. Oui, Madame, on m'a nommé gouverneur de la Haute-Phrygie, et vous devez penser, désormais, à m'aborder avec les égards dus à mon rang.

MIRZA.

Juste ciel ! mon mari a perdu l'esprit ! Rien ne manque plus à mon malheur.

PHILOXÈNE.

C'est vous, qui êtes folle de ne pas vouloir croire à
mon élévation. Devez-vous douter de ma parole,
lorsque je vous dis que je suis nommé ?

MIRZA.

C'est que, mon cher Philoxène...

PHILOXÈNE, *l'interrompant.*

Fi donc! que c'est commun! Est-ce là le langage
d'une grande dame? Apprenez, je vous prie, à vous
conformer dorénavant à l'étiquette. Saluez-moi profondément, en me nommant : votre Hautesse. Voyons,
essayez.

MIRZA, *soupirant (A part).*

Il faut entrer dans sa folie. (*Elle s'incline. Haut.*) Votre Hautesse veut-elle me faire la grâce de rentrer?

PHILOXÈNE.

Je vous suis. Eh! mais, n'est-ce pas le roi que j'aper-
çois? Vous allez voir si j'ai tort.

SCÈNE V.

LES PRÉCÉDENTS; MIDAS, ARBACE, MANDANE, GAR-
DES, *Groupe de gens du peuple regardant de loin. Philoxène
s'évertue à saluer. Midas s'arrête au milieu du théâtre.*

MIDAS.

Approchez, Philoxène, puisque le hasard vous pré-

sente à notre vue... Aujourd'hui, anniversaire de
notre naissance, jour auquel nous avons coutume de
répandre nos grâces sur l'un de nos fidèles sujets,
nous avons résolu de fixer notre choix sur vous;
votre conduite nous ayant prouvé que nous pouvions
compter sur votre dévouement.

PHILOXÈNE, *saluant.*

Sire, à la vie, à la mort. (*A Mirza.*) Mais saluez donc.

MIDAS.

Nous voulons donc, vous donner le gouvernement
d'une de nos provinces ; à condition, cependant, que
vous nous juriez solennellement que vous n'avez
jamais, en aucune manière, divulgué le secret dont
nous vous avons fait le dépositaire.

PHILOXÈNE, *à part.*

De l'audace. (*Haut.*) Prince, j'en fais le serment.
Je défie le ciel et la terre, de démentir ma parole.

LES ROSEAUX, *s'agitant.*

Midas! le roi Midas a des oreilles d'âne. (*Philoxène
tressaille.*)

MIDAS.

Qu'entends-je ?

ARBACE, *regardant la foule.*

Quel est l'insolent qui ose se moquer de Votre Majesté? Holà! gardes, qu'on le cherche.

PHILOXÈNE, *à part.*

Je suis perdu ! Maudits roseaux!

LES ROSEAUX.

Midas ! le roi Midas a des oreilles d'âne.

MIDAS, *indigné*.

Perfide ! Tu m'as trahi !

MANDANE, *à Mirza*.

Voilà donc le grand mystère.

ARBACE, *revenant*.

Il y a là quelque chose de surnaturel; je n'ai
trouvé personne, et la voix vient, pour sûr, de cette
touffe de roseaux.

MIDAS, *à Philoxène*.

Parle, traître, ou tu es mort.

PHILOXÈNE, *se jetant à genoux*.

Grâce ! Miséricorde ! Je n'ai pas trahi Votre Majesté. J'ai confié à la terre, le secret qu'elle m'avait
donné à garder, mais je ne l'ai dit à aucune créature
humaine.

MIDAS.

Tu as toujours enfreint mes ordres. Ne t'avais-je
pas défendu d'en dire seulement un mot? Malheureux ! de combien de crimes n'es-tu pas coupable? Non content d'avoir violé ton serment, tu as
eu recours au mensonge pour cacher ta faute, et c'est
ce qui te rend odieux à mes yeux. Je t'eusse pardonné
ton indiscrétion ; je ne saurais te pardonner d'avoir

osé prendre le ciel à témoin de ton parjure. Mais ce
juste ciel, vengeur de la vérité qu'on outrage, s'est
chargé de dévoiler ton imposture, et si je la laissais im-
punie, je craindrais d'encourir la disgrâce des dieux.
Meurs donc, et que ta mort serve d'exemple à ceux qui
seraient tentés de tromper, comme toi, la confiance de
leur souverain. Arbace, vous me répondez de sa personne.

ARBACE, à un garde.

Qu'on l'emmène. (*Philoxène est entraîné par les
gardes. Mirza tombe évanouie dans les bras de Mandane.*) Votre Majesté veut-elle que je fasse arracher
ces roseaux ?

MIDAS.

Non. Puisque mon secret est découvert, je veux
que ces roseaux demeurent, pour apprendre à mes
peuples à quel point le ciel hait l'indiscrétion et le
mensonge, et comment ces vices honteux causent toujours la perte de ceux qui s'y abandonnent. Heureux, si, aux dépens de mon amour-propre, je puis
graver dans le cœur de mes sujets cette maxime qui
doit être celle de tout homme de bien : Plutôt mourir, que de trahir les saintes lois de la vérité.

FIN.

ORPHÉE

CHARADE EN TROIS ACTES

A L'USAGE DES PENSIONNATS DE DEMOISELLES

PAR

Mlle A. D'OUTRELEAU

P. N. J.

LYON

P. N. JOSSERAND, LIBRAIRE-ÉDITEUR,

3, PLACE BELLECOUR, 3,

1867

Lons-le-Saunier, Imp. de Henri Damelet.

ORPHÉE

CHARADE EN TROIS ACTES.

***

Première syllabe.

—

ACTE PREMIER.

L'ALCHIMISTE.

PERSONNAGES.

M. SONGECREUX.
Mme SONGECREUX.
INGELBURGE, leur fille.
SUZETTE, cuisinière.

La scène se passe à Paris, sous le règne de Charles VIII.

Le théâtre représente une salle dans le style moyen-âge. Haute cheminée ornée de candélabres d'argent. Portes latérales.

SCÈNE PREMIÈRE.

Mme SONGECREUX, SUZETTE.

SUZETTE, *comptant de l'argent, sur une table.*

Cinq, six et sept; le compte y est cette fois. Aussi, j'avions fait bonne garde. Madame a beau dire, il y a

des esprits dans la maison. Ah! il me vient le frisson,
rien que d'y songer. Je parierais qu'il s'est passé ici
queuque histoire terrifiante, dans les temps *primitifs*,
queuque mystère, queuque assassinat, que dirai-je
moi? Et les âmes reviennent sur les lieux témoins
de leurs crimes, Faudrait déménager, Madame, faudrait déménager.

Mme SONGECREUX.

Je vous ai déjà dit, Suzette, qu'il n'y a que les igno-
rants qui croient aux esprits. Les gens sensés n'ajou-
tent point foi à tous ces contes de revenants. L'ins-
truction qu'ils ont reçue et la raison qui les éclaire,
leur prouvent que le corps, ne se mouvant que par
l'âme, il lui est impossible de changer de place,
dès lors que l'âme en est séparée. D'un autre
côté, si l'on attribue ces apparitions aux esprits,
cela n'est pas moins absurde les esprits étant des
êtres subtils qui ne sauraient être aperçus des yeux
du corps.

SUZETTE.

Ce que Madame vient de dire est bien savant,
puisque je n'y entendons goutte. Ça ressemble au
latin de M. le Curé. Mais quoique ça, je ne peux pas
m'empêcher de croire qu'il y a des esprits. Quand on
en a vu comme moi....

Mme SONGECREUX.

Tu as vu des esprits, toi?

SUZETTE.

l'as avec mes yeux ; d'abord, je ne les aurais pas
regardés. Faut être plus féroce qu'un turc, pour fixer
un esprit en face. Mais c'est tout comme si je les avais
vus, puisque j'ai la certitude qu'ils existent. Quelle
autre personne qu'un esprit peut venir, depuis trois
soirs, m'enlever l'argent de la dépense, quand il n'y
a que Monsieur, Madame, Mademoiselle et moi qui
sachions où je le serre ?

Mme SONGECREUX, *riant.*

La preuve vaut la croyance. Et moi, je t'affirme que
ton esprit n'est qu'un fin voleur en chair et en os,
qui a découvert ta cachette. Allons, retourne à ta
cuisine et ne me romps plus la tête de tes sottises.
(*Elle prend son ouvrage.*)

SUZETTE, *s'en allant, en grommelant; à part.*

Sottises, sottises ; si on était à ma place, on ne serait pas si incrédule. Ce soir, j'en causerai avec Mademoiselle ; elle sait mieux comprendre que Madame,
et moi aussi, je l'entendrons plus aisément. Elle a un
parler moins... amphigourique. (*Elle sort.*)

SCÈNE II.

Mme SONGECREUX, INGELBURGE.

Mme SONGECREUX, *seule.*

Que ces domestiques sont bêtes ! Il est bien malheureux d'être obligée de traiter avec de telles gens.

INGELBURGE, *entrant d'un air effaré.*

Ah ! maman, maman, quel malheur ! (*Elle se met à pleurer.*)

Mme SONGECREUX, *laisse tomber son ouvrage et se lève précipitamment.*

Qu'y a-t-il ? Qu'est-il arrivé ?... Mais Ingelburge, mon enfant, parle donc. Tu me glaces le sang dans les veines. Je vais me trouver mal. (*Elle s'empare d'un flacon de sels.*)

INGELBURGE, *d'une voix entrecoupée.*

Ah ! maman, il y a bien de quoi. Si vous saviez... C'est la plus grande affliction qui pût nous accabler. Mon pauvre père..... Mais non, je n'aurai jamais le courage de vous l'apprendre. (*Elle sanglotte.*)

Mme SONGECREUX.

Au nom du ciel ! Ingelburge, ne me tiens pas ainsi en suspens, cela me fait mourir. (*Elle se laisse tomber sur un fauteuil.*) Parle, je te l'ordonne.

INGELBURGE.

Puisque vous le voulez absolument, il faut vous le dire. (*avec explosion.*) Mon pauvre père est perdu pour nous.

Mme SONGECREUX, *en tremblant.*

Il est mort?

INGELBURGE.

Hélas! c'est bien pis. Il est fou. (*Elle s'appuie en pleurant sur le fauteuil de sa mère.*)

Mme SONGECREUX, *hors d'elle-même.*

Fou! juste ciel! Fou!... j'en perdrai la tête moi-même. Mais comment le sais-tu, Ingelburge? C'est peut-être quelque faux bruit. Ne te désole pas tant, ma fille; attends, pour pleurer de la sorte, que tu aies acquis la certitude de ton malheur.

INGELBURGE.

Ma chère maman, il ne nous est pas possible de nous faire illusion. Ce n'est que trop vrai : mon père a perdu la raison. Vous n'en pourrez plus douter lorsque vous le verrez vous-même.

Mme SONGECREUX.

Il est donc revenu de son voyage ?

INGELBURGE.

Il n'a pas quitté la maison. (*Mme Songecreux fait*

un mouvement de surprise.) Je l'ai découvert ce matin, et son valet de chambre me l'a avoué. Ce prétendu voyage de quelques jours n'était qu'un subterfuge pour n'être pas inquiété dans ses opérations chimiques. Vous savez que depuis longtemps, il s'enferme tout le jour et même souvent la nuit, dans son cabinet. Cela nous intriguait beaucoup. Hélas! nous avions bien raison de nous en alarmer.

Mme SONGECRÆUX.

Achève. (*A part.*) Comme je redoute d'entendre la funeste vérité! Je respire à peine !

INGELBURGE.

A quoi vous figurez-vous qu'il s'occupât, durant ce temps? A feuilleter des livres de nécromancie, d'alchimie, que sais-je? Toujours est-il, qu'il s'est si bien imbu l'esprit de ces chimères, qu'il est maintenant persuadé que la conversion des métaux en or est une vérité incontestable, et qu'il bâtit là-dessus, les châteaux en Espagne les plus extravagants. Il ne parle de rien moins que de devenir un second Crésus.

Mme SONGECREUX.

Exécrable ambition! dans quels abîmes de malheurs ne précipites-tu pas les hommes! Il y a longtemps que je pressentais cet affreux événement. La fortune, les grandeurs étaient les seuls sujets de conversation de ton père. Tout pour lui se résumait dans un mot : l'or. Plutus, voilà son idole, contre laquelle viennent se briser les plus nobles sentiments.

Mme SONGECREUX, *dans la coulisse*.

Artémise !

INGELBURGE.

Chut! le voici. Ayez du courage, ma bonne mère. Pensez à votre Ingelburge.

SCÈNE III.

LES MÊMES; M. SONGECREUX, *en costume d'alchimiste*.

Mme SONGECREUX, *à Ingelburge*.

Quel costume ! Ah ! mon malheur n'est que trop réel.

M. SONGECREUX, *avec volubilité*.

Je vous trouve donc, enfin. (*Il se place entre sa femme et sa fille.*) Vous m'avez fait courir de la cave au grenier. J'en suis tout hors d'haleine. C'est que j'ai à vous apprendre des choses merveilleuses. (*A Mme Songecreux.*) Je vous le disais bien, qu'un jour vous seriez fière d'être ma femme. (*A sa fille.*) En te donnant le nom d'une reine, je pressentais que cela te porterait bonheur, ma petite Ingelburge. Voyons, devinez un peu de quoi il s'agit. Mais, que je suis fou de penser que des cervelles féminines puissent imaginer quelque chose, hors chiffons et dentelles. Il faut donc que je vous le dise.

Approchez-vous. Les murs ont des oreilles, et ce sont discours qu'il n'est pas prudent de tenir tout haut. Eh bien! que signifie cet air consterné? On dirait que vous ne me reconnaissez plus. Mon nouvel habit vous fait-il peur, et me prenez-vous pour un sorcier?

INGELBURGE.

Mon père!

M. SONGECREUX, *riant*.

Ha! Ha! c'est plaisant. Je ne pensais pas produire un si grand effet. Arrêter, par ma seule présence, la langue de deux femmes! Je vais me croire sorcier moi-même.

INGELBURGE.

A dire vrai, mon père, vous en avez tout l'air.

Mme SONGECREUX, *soupirant*.

Si vous ne l'êtes pas, vous êtes du moins ensorcelé.

M. SONGECREUX.

Trève de plaisanteries. Quand vous aurez entendu ce que j'ai à vous dire, vous deviendrez toutes deux, aussi ensorcelées que moi.

INGELBURGE.

Le ciel m'en préserve !

M. SONGECREUX.

Vous savez que mon rêve a toujours été de deve-

nir riche, afin de vous placer au premier rang dans
le monde. Eh bien! j'ai trouvé la réalisation de ce
rêve, la solution de ce problème de toute ma vie.
(*Avec exaltation.*) La richesse est à moi! certaine,
infaillible, perpétuelle. J'en ai la source inépuisable
et je défie tous les revers. Hé quoi! vous n'êtes pas
enchantées, transportées? Vous ne me demandez
pas comment j'ai découvert cet admirable secret?
Avez-vous perdu l'esprit pour être insensibles à un
bonheur si inouï? ou bien, est-ce l'émotion d'une
joie trop forte, qui vous a changées en statues?

Mme SONGECREUX, *bas à Ingelburge*

Un fou ne parle pas de la sorte. (*A M. Songecreux,
avec embarras.*) C'est... l'émotion, mon ami. Ce que
vous nous racontez, joint à cet habit étrange, est bien
fait pour inspirer quelque frayeur.

M. SONGECREUX, *haussant les épaules.*

Enfantillages! J'ai le costume qui convient à mes
nouvelles occupations. (*Il se redresse avec orgueil.*
Sachez que dorénavant vous devez voir en moi, un
savant alchimiste, ayant droit à toute votre admiration. C'est là le grand mystère. (*Il chante d'un air
de triomphe.*)

> Dans mon savant creuset
> Je mets l'argent, le cuivre;
> Du fer, je les fais suivre,
> Et puis, c'est mon secret.
> Jetez d'une main sûre,
> Jetez, jetez encor;

Par ma science, je vous jure,
    Tout devient or. (*fin*.)

J'ai donc trouvé le vrai bonheur.
    Ici-bas, s'il existe,
    A mon dire, il consiste
En la *seule* (*bis*) grandeur.

Creuset charmant, joie de ma vie,
Espoir de mon âme ravie,
Creuset charmant, mon cher trésor,
Donnez toujours, toujours de l'or.
    J'ai donc trouvé, etc.
    Dans mon savant creuset, etc.

Mme SONGECREUX.

Ah! je crains, bien au contraire, que le peu que
nous possédons ne vienne s'y perdre à jamais.

M. SONGECREUX.

On a bien raison de dire que l'incrédulité naît de
de l'ignorance. Si vous saviez le grec et l'arabe,
comme moi, vous ne douteriez pas un instant de ce
que j'avance. D'où vient le nom d'alchimie, s'il vous
plaît? Du grec chimeïa, chimie ; et de l'article arabe
al, qui marque l'excellence. Alchimie, chimie par
excellence. Peut-on n'avoir pas confiance en une
science qui porte ce nom là ?

Mme SONGECREUX.

Folie par excellence, est le seul qui lui convienne.
De grâce, mon ami, revenez de cette erreur dans
laquelle vous a plongé une détestable ambition. Ingelburge vous croyait fou, tant cette extravagance lui

paraissait indigne d'un homme raisonnable. Savez-vous où vous en viendrez, avec votre alchimie ? à être la risée de vos amis, la honte et le chagrin de votre famille, et le consommateur de votre ruine.

INGELBURGE, *tremblante, bas à sa mère.*

Ne le fâchez pas, maman, je vous en prie.

M. SONGECREUX, *en colère.*

Eh bien! il faut vous convaincre par vos propres yeux. Suivez-moi dans mon laboratoire. Bon! voici justement mon affaire. (*Il s'empare des ciseaux de Mme Songecreux et prend un des candélabres d'argent.*) Avec un peu de cuivre, vous allez voir tout ceci changé en un lingot. Venez, Madame. (*Il sort.*)

Mme SONGECREUX.

Je vous suis. (*A Ingelburge.*) Dieu soit loué! il n'est pas fou ; ce n'est qu'une idée fixe. Nous parviendrons, peut-être, à le désabuser. (*Elle sort.*)

INGELBURGE, *s'asseyant et regardant la cheminée; avec un soupir.*

Oui, quand il aura dégarni la maison.

SCÈNE IV.

INGELBURGE, SUZETTE, *entrant par la porte à gauche, une casserole à la main.*

SUZETTE, *se jette sur une chaise.*

Au secours ! Je me meurs ! (*Elle laisse tomber sa casserole avec fracas.*)

INGELBURGE, *se levant effrayée.*

Qu'as-tu donc ? Quel jour néfaste !

SUZETTE, *d'une voix suffoquée.*

Que Madame soutienne qu'il n'y a pas d'esprits !

INGELBURGE.

Que veux-tu dire, avec tes esprits ?

SUZETTE, *elle se lève et s'anime par degrés.*

Je veux dire, Mademoiselle, que ce matin, Madame prétendait que j'avais tort parce que je lui assurais qu'y revenait des esprits dans la maison. Ah ! j'avais ben raison, au contraire. Vous allez en juger. J'étais tranquillement occupée à préparer ma crême. Tout-à-coup, v'là que j'entends un fracas épouvantable ; la porte de ma cuisine s'ouvre et je vois entrer un être long, long, qui touchait au plafond. Pour tête, un pain de sucre ; pour bras, des ailes de chauve-

souris, terminées par une main d'orang-outang. Il
m'a regardée avec deux yeux flamboyants, que j'en
suis restée toute *pétrifiquée*,. Il va droit à mon four-
neau, renverse mon ragoût, me prend mes poêlons,
mes marmites, et disparaît comme un éclair. Je n'ai
eu que le temps de me sauver ici, avec ma dernière
casserole !(*Elle s'essuie le front.*)

INGELBURGE, à part.

C'est mon père. (*Haut.*)Allons, remets-toi, ma pauvre Suzette; il ne faut pas te laisser ainsi gagner par
la peur. C'est ton imagination exaltée qui t'a fait voir
cet être fantastique. Sois sûre, que si tu l'eusses regardé de sang-froid, il n'aurait pas eu le moindre
trait de ressemblance avec la créature surnaturelle
que tu viens de me dépeindre.

SUZETTE.

Comment ! vous aussi, Mademoiselle, vous parlez
tout comme Madame? Encore elle, çà ne me crève pas
tant le cœur. Mais, qu'une demoiselle si ben éduquée
que vous, ne veuille pas croire qu'il y a des esprits, je
ne me le serions jamais imaginé. Et mettre çà sur le
compte de la peur! moi qui sommes si courageuse! y
aurait de quoi m'faire entrer en conversions. Allez,
Mademoiselle, je n'avons perdu ni les yeux ni la tête .
Je l'avons vu et bien vu celui-ci, et on me couperait
le cou, que je ne dirais jamais autrement.

SCÈNE V.

LES MÊMES; Mme SONGECREUX.

Mme SONGECREUX, *avec joie.*

Victoire ! Victoire ! grâce à Dieu, mon Ingelburge,
j'ai réussi à convaincre ton père de son erreur. Après
avoir vainement attendu le changement qu'il se flat-
tait d'opérer, je lui ai prouvé que l'unique résultat
obtenu, était la destruction de tout ce qu'il avait en-
tassé dans son soi-disant savant creuset, et que, de
cette manière, à la fin de l'année, nous irions droit à
l'hôpital. Le ciel m'a inspiré ce que je devais dire et
je suis, non sans peine, parvenue à lui persuader
que sa prétendue chimie par excellence, n'était qu'une
imposture. Ainsi que je le présumais, il n'est pas
fou ; mais l'ambition lui avait un moment tourné la
tête.

INGELBURGE.

Que vous me rendez heureuse !

SCÈNE VI.

LES PRÉCÉDENTS, M. SONGECREUX.

M. SONGECREUX.

C'est encore moi qui viens vous chercher Artémise, mais...

SUZETTE, *courant se cacher derrière Ingelburge.*

Ciel ! que vois-je ? l'esprit, Mademoiselle ! Il me
poursuit, sauvez-moi. (*Elle met sa main sur ses yeux.*)

INGELBURGE.

Allons donc, Suzette, c'est mon père. Regarde-le.

SUZETTE.

On me tuerait plutôt. Fuyons, Mademoiselle, ou vous
êtes perdue.

M. SONGECREUX.

Suzette, que signifie cette comédie ?

Mme SONGECREUX.

Prendre ton maître pour un esprit ! Voilà l'effet de
tes superstitions.

SUZETTE, *se découvrant la figure peu à peu.*

Est-ce t'y ben possible ? Mais ce n'est pas vous,
Monsieur, qui êtes venu tantôt dans ma cuisine ?

M. SONGECREUX.

Moi-même, et ton air terrifié m'a fort diverti.

INGELBURGE.

Si vous saviez, mon père, quelle description
effroyable elle m'a faite de vous !

Mme SONGECREUX, *à Suzette.*

Eh bien ! tes sottes croyances, tes histoires de
fantômes, ont toutes un fondement aussi solide. Tu
croyais plus qu'à ta vie, à l'apparition de cet esprit
diabolique, et tu as maintenant la preuve que c'était
un être vivant comme toi. Tu vois combien il est
ridicule de s'abandonner à des frayeurs déraison-
nables, et combien les personnes ignorantes doivent
se laisser guider par les gens instruits. Si, au lieu de
t'abandonner à la peur, tu avais regardé sans prévention, tu te serais épargné une impression de terreur
qui peut être nuisible à ta santé et même à ta vie.

SUZETTE.

C'est tout de même vrai. Mais, mon dîner que vous
m'avez pris, Monsieur ?

M. SONGECREUX, *tirant sa bourse.*

Voici de quoi en acheter un autre. Fais vite ; en
l'honneur de l'aventure, nous dînerons une heure
plus tard, aujourd'hui. (*Suzette sort.*) (*A Mme Songecreux.*) Et nous, ma chère Artémise, allons détruire
la preuve de ma folie, afin qu'il n'en reste pas
même le souvenir. Je vous ai promis de brûler tous
ces traités impies, qui ne sont faits que pour enlever
aux hommes les lumières de la foi et de la raison ; je
veux remplir ma promesse, sur l'heure. Viens, toi
aussi, mon Ingelburge, assister à l'auto-da-fé. J'ai
alarmé ton amour filial ; mais la leçon me servira.

Désormais, je ne veux avoir d'autre fortune que ton affection. Un père est toujours assez riche quand il possède le cœur de son enfant.

Mme SONGECREUX.

Oui, mon ami, ne tentons point la Providence, en voulant nous créer une autre position que celle dans laquelle elle nous a placés. Nous avons les joies du foyer, les seules véritables. Sachons les apprécier et mériter par là de les goûter longtemps. Pour le cœur vertueux, il n'est pas de plus grande satisfaction, et vous savez que contentement passe richesse.

Deuxième syllabe.

—

ACTE DEUXIÈME.

LA FÉE.

PERSONNAGES.

BABET, petites paysannes de 10 à 12 ans.
GOTHON,   id.   id.
THÉRÈSE,   id.   id.
GENEVIÈVE,   id.   id.
RUTH, mendiante (6 ans.)
LA FÉE.

Le théâtre représente une prairie. A gauche, un bois ; à droite, un sentier bordé de buissons, et conduisant à une ferme qu'on aperçoit dans le lointain.

SCÈNE PREMIÈRE.

GOTHON, THÉRÈSE, GENEVIÈVE. *Gothon est appuyée contre un arbre, d'un air boudeur. Thérèse et Geneviève se promènent dans la prairie.*

GOTHON, *avec aigreur.*

A la fin, Thérèse, te décideras-tu à nous enseigner ce jeu que tu nous as tant vanté ? Voilà la moitié de notre récréation de perdue, et l'heure du travail aura sonné avant que nous nous soyons amusées.

THÉRÈSE.

C'est que j'attends Babet. Elle est si bonne que je
ne voudrais pas lui faire de la peine. Elle m'a promis de venir et je ne commencerai pas sans elle.

GOTHON.

Avec ça que Babet y pense ! Je gage qu'elle est au
bois à cueillir des fraises. Mais il y a des gens qui
ont bien de la chance ; ils savent accaparer l'amitié
de chacun avec un sourire ou un compliment. En
attendant, nous sommes ici à bayer aux corneilles,
pour le bon plaisir de Mademoiselle Babet.

GENEVIÈVE.

Ne dis pas cela, Gothon. Babet n'accapare pas l'affection ; elle se l'attire par sa douceur et par son ca-
ractère aimable. Loin de lui porter envie, je donne-
rais tout au monde pour lui ressembler.

THÉRÈSE.

Et moi donc ! Elle est si travailleuse, si habile pour
son âge ; et avec cela si charitable, si complaisante !
Tenez, je parierais que c'est encore quelque bonne
œuvre qui l'aura empêchée de se réunir à nous aujourd'hui.

GOTHON.

Dites toujours ; quand ce ne serait que pour me contrarier ! Je ne trouve pas que ce soit déjà si charitable de laisser ses amis s'ennuyer à cause de soi.

7

GENEVIÈVE.

Comme tu es injuste! Babet ne se doute pas que
son absence suspende nos jeux. Cela la contrarierait
pour sûr, si elle le savait. '

THÉRÈSE, *tendant la main à Geneviève.*

C'est bien, ma petite Geneviève ; ma mère dit
qu'il faut toujours prendre la défense des absents.

GOTHON, *piquée.*

Merci, voilà qui est à mon adresse. Si c'est pour
me faire d'aussi beaux compliments que vous m'a-
vez invitée, je vous tire ma révérence, mesdames les
sermoneuses. (*Elle veut s'en aller.*)

THÉRÈSE, *l'arrêtant.*

Allons, ne te fâche pas; il ne faut pas être si sus-
ceptible, entre amies. Veux-tu faire une partie de
course dans la prairie ?

GOTHON.

Non, je suis de mauvaise humeur. Je ne veux plus
jouer.

THÉRÈSE.

Comme il te plaira. (*Elle se rapproche de Geneviève.*) Mais, n'est-ce pas Babet qui vient là-bas ? (*Indiquant le bois.*)

GENEVIÈVE.

Tout juste. Quel bonheur! elle amène une petite fille.

GOTHON, *ironiquement*.

Quelque autre perfection comme elle. Tant pis!

GENEVIÈVE.

Tant mieux! nous allons bien nous divertir. Plus on est de fous, plus on rit.

SCÈNE II.

LES PRÉCÉDENTS, BABET, RUTH.

BABET.

Oh! pardon, mes bonnes amies, je suis bien en retard, mais il n'y a pas de ma faute. (*Elle les embrasse.*)

GOTHON *se détourne pour ne pas embrasser Babet*.

Ça se sait d'avance.

THÉRÈSE, *prenant la main de Babet*.

Nous en sommes persuadées, ma chère. Tu as eu quelque excellente raison.

BABET.

Jugez plutôt. Je traversais le petit bois pour arriver vite auprès de vous, lorsque j'ai entendu des sanglots. Je me suis arrêtée tout court et j'ai écouté. Une voix d'enfant disait : Ne pleurez pas, maman, je vais aller dans cette ferme qui est là-bas, et je trouverai, pour sûr, quelque bonne âme qui vous soulagera. Alors, je n'ai plus pensé au jeu : vous auriez fait comme moi, n'est-ce pas ? Je me suis élancée dans le fourré. Une pauvre femme, presque expirante, était étendue sur l'herbe. Une petite fille, agenouillée près d'elle, essayait de la réchauffer. Il y avait deux jours qu'elles n'avaient pris, toutes les deux, aucune nourriture. La mère n'avait même pas la force de parler. (*Avec attendrissement.*) Les larmes m'en viennent aux yeux, rien que d'y songer.

GOTHON.

Il faut avouer que tu as des larmes de reste, pour en répandre sur des gens que tu ne connais pas et qui probablement ne sont que des imposteurs.

GENEVIÈVE, *à Gothon.*

Te voilà bien : toujours commencer par penser mal des autres. (*A Babet.*) Achève ton récit, ma petite Babet, je t'en prie.

BABET.

Tu devines que je ne les aurais pas laissées là en proie au désespoir. J'ai couru à la maison raconter tout à maman qui m'a remis ce qu'il fallait pour les secourir. Comme leurs yeux brillaient de plaisir à la vue des provisions ! Combien de bénédictions elles m'ont données ! Lorsqu'elles ont eu repris assez de forces, j'ai conduit la mère chez nous afin qu'elle se réchauffât. Puis, comme j'ai pensé que vous seriez bien aises de partager la bonne œuvre, je vous ai amené la petite fille pour que vous puissiez exercer votre générosité à son égard. (*Elle va prendre Ruth et la leur présente.*) Elle n'a plus de père et elle est si jeune pour soutenir sa mère malade !

THÉRÈSE.

Je te remercie de ton idée. Je vais chercher mes économies ; elles ne sauraient être mieux placées. *Elle sort.*)

GENEVIÈVE, *à Ruth*.

Tu es donc bien malheureuse, ma petite. Comment te nommes-tu ?

RUTH, *faisant la révérence.*

Ruth, pour vous servir. Nous avions bien de la peine à gagner notre vie dans notre village. On nous a conseillé d'aller en Italie, où il y a beaucoup de riches étrangers. Pendant la route, maman est tombée malade, notre peu d'argent a été épuisé, et si le ciel ne nous avait envoyé cette charitable demoiselle, (*Montrant Babet.*) nous aurions été aujourd'hui nous réunir à mon pauvre père.

GOTHON.

Comme ces gens-là savent mentir! Elle dit cela avec un accent de vérité!...

THÉRÈSE, *revenant*.

Tiens, porte cela à ta mère. (*Elle lui remet une bourse.*)

GENEVIÈVE.

Voici tout ce que j'ai gagné cette semaine.

RUTH.

Merci, mes bonnes demoiselles. Soyez heureuses.

BABET.

Et toi, Gothon, tu ne donnes rien? Tu es la plus riche du village.

GOTHON.

J'ai bien d'autres manières d'employer mon argent que de le semer, à droite et à gauche, à tous les mendiants. Je le destine à m'acheter une chaîne d'or, à la foire prochaine.

GENEVIÈVE.

Comme tu as mauvais cœur!

THÉRÈSE.

Parce que tu ne manques de rien, tu ne veux pas te mettre à la place de ceux qui souffrent.

BABET.

Je t'en prie, donne quelque chose à ma petite pro-
tégée.

GOTHON, *avec colère.*

Laisse-moi tranquille.

SCÈNE III.

LES MÊMES, LA FÉE CANDIDE.

LA FÉE.

Oui, mes enfants, laissez-la. Elle n'est pas digne
de s'associer à une bonne action. Son méchant cœur
ne saurait comprendre le bonheur qu'on goûte à
faire le bien. L'égoïsme, la vanité, la jalousie : voilà
les seuls sentiments qu'elle connaisse.

BABET, *à Thérèse.*

Quelle est cette belle dame?

GOTHON, *à Geneviève.*

La méchante femme! De quel droit vient-elle
m'insulter de la sorte?

LA FÉE.

Du droit que me donnent mon âge et mon expérience. Du droit surtout que je possède de récompenser les bons et de punir les méchants, droit que je suis venue exercer ici. J'ai tout vu; j'ai tout entendu. Apprends que je ne suis autre que la célèbre fée Candide, l'amie des enfants; lorsqu'ils sont aimables comme vous, mes chères petites, ils gagnent mon affection, et je me plais à les combler de mes faveurs. (*Elle se tourne vers Gothon.*) Mais lorsque leur cœur est mauvais comme le tien, ils ressentent les effets de ma colère. Tu vas donc être traitée comme tu le mérites.

BABET, *joignant les mains*.

Grâce pour elle, madame la fée.

THÉRÈSE.

Ne la punissez pas, elle deviendra meilleure.

GENEVIÈVE.

Pardonnez-lui, je vous en supplie.

LA FÉE.

Il m'en coûte, mes chers enfants, de ne pouvoir me rendre entièrement à vos désirs, mais je croirais manquer à la justice si je ne punissais son inhumanité et sa basse jalousie contre la gentille Babet. Je comptais la condamner à devenir pour la vie une de ces mendiantes qui sont l'objet de ses insultants mépris. Grâce à votre intervention charitable, je veux bien commuer sa peine. (*Elle touche Gothon de sa baguette.*) Par la vertu de ma petite baguette, j'ordonne qu'à chaque trait d'égoïsme, elle ressente, soit physiquement, soit moralement, la douleur à laquelle elle aura été insensible ; qu'à chaque sentiment de vanité, elle perde sur l'objet dont la possession l'enflait d'orgueil ; enfin, qu'à chaque mouvement de jalousie, la noirceur de son âme se peigne sur sa figure. Puisse la terreur du châtiment contribuer à la guérir de ses funestes passions. Puissé-je ne pas être obligée un jour de sévir contre elle avec plus de rigueur !

BABET,

Non, non, elle se corrigera. N'est-ce pas Gothon ?

GOTHON, *lui tournant le dos.*

Quel guignon ! j'avais bien besoin de rencontrer cet oiseau de malheur !

LA FÉE.

Quant à toi, charmante Babet, dont le tendre cœur a un baume pour toutes les blessures, une larme pour toutes les souffrances, comme la bienfaisance est ton souverain bonheur, je ne puis mieux t'en récompenser qu'en te donnant les moyens d'exercer pleinement cette admirable vertu. J'ordonne donc que ta bourse ne s'épuise jamais, afin que tu sois toujours à même de soulager le malheur ; que tu jouisses d'une jeunesse perpétuelle, car la charité ne vieillit point ; enfin que les nobles sentiments de ta belle âme se reflètent sur ton visage et te gagnent tous les cœurs.

BABET.

O merci, madame la Fée ! Pouvoir soulager toutes les misères ! vous ne sauriez me rendre plus heureuse. Mais je ne mérite pas tant de faveurs.

GENEVIÈVE, THÉRÈSE, RUTH.

Si fait, si fait, elle les mérite, Madame la Fée.... Elle est si bonne !

GOTHON, *à part.*

Détestable Babet ! chacun la chérit et elle est cause que l'on me hait. (*Elle devient noire.*)

RUTH, *se serrant contre Babet.*

O mamzelle ! comme elle est noire. Ça me fait trembler.

GOTHON.

Où me cacher ? (*Elle s'enfuit par le bois.*)

LA FÉE.

Elle a raison de se sauver. La présence des méchants est trop pénible aux gens de bien. Et vous, mes enfants (*A Thérèse et à Geneviève*), avant de vous quitter, je veux vous témoigner le plaisir que vous m'avez fait éprouver en secondant Babet dans son action charitable et en reconnaissant, sans envie, ses qualités. Continuez à suivre les divers exemples de vertu que vous rencontrerez sur le chemin de la vie;

à éviter l'orgueil, la jalousie, l'égoïsme, qui empoi-
sonnent l'existence et nous aliènent les esprits. Je
vous recommande surtout le travail et l'accomplis-
sement de vos devoirs : ce sont les deux clefs du
bonheur. Il n'appartient qu'à la bonne conscience.

Le tout.

—

TROISIÈME ACTE.

ORPHÉE.

EN DEUX TABLEAUX.

PERSONNAGES.

PLUTON.
PROSERPINE.
MINOS, juge des enfers.
ORPHÉE.
LES SOUCIS.
LES SONGES.

La scène se passe aux enfers.

Le théâtre représente l'intérieur du palais de Pluton. Au fond, un trône élevé; sur la dernière marche brûlent des cassolettes. Autour de la salle sont de hauts candélabres qui jettent une lueur bleuâtre.

PREMIER TABLEAU.

SCÈNE PREMIÈRE.

ORPHÉE seul.

ORPHÉE, *assis, sa lyre auprès de lui. D'une voix émue.*

Me voici donc arrivé au moment solennel... Ah !

respirons un peu... Reprenons des forces pour entendre prononcer cet arrêt qui sera celui du bonheur ou du malheur de ma vie ! Mon Eurydice ! (*Il se lève et se promène avec agitation.*) Rien ne m'a coûté pour essayer de t'arracher à ces sombres lieux où la fatalité aveugle t'a précipitée au milieu de ta course. Ni la fatigue de l'immense trajet, ni l'horreur des ténèbres, ni les dangers éminents auxquels s'expose le mortel qui ose pénétrer dans le séjour des ombres, n'ont pu ralentir mon ardeur. Mon cœur me disait que je viendrais à bout de cette périlleuse entreprise. Aussi, loin de trembler en apercevant le terrible Cerbère, me suis-je senti redoubler de force et ai-je tiré de ma lyre des accords si touchants, qu'ils ont amené le monstre à mes pieds. Minos a suspendu ses jugements, les Parques elles-mêmes ont interrompu leurs importantes fonctions, et tous, saisis d'admiration, m'ont prédit un heureux succès. Ont-ils dit vrai ? L'instant est venu de le voir ; et moi, qui jusqu'ici me croyais invincible, je frissonne à l'idée de me trouver en présence de l'arbitre de ma destinée. Allons, réveille-toi, mon courage ! Le sort d'Eurydice est entre nos mains ; ne le perdons pas par notre faiblesse... J'entends Pluton. — A moi, mon énergie ! (*Il saisit sa lyre et se retire vers le fond du théâtre.*)

SCÈNE II.

ORPHÉE, PROSERPINE.

PROSERPINE *entre de l'autre côté du théâtre et s'avance sur le devant de la scène, sans voir Orphée.*

Que m'a donc dit Radamanthe, que l'admirable Orphée est descendu dans mon empire? J'ai déjà parcouru le Tartare et les Champs-Élysées et je n'ai pu le rencontrer. Pourtant, j'aurais eu grand plaisir à causer avec un mortel qui me touche d'aussi près. Ne voir et n'entendre que des ombres n'est pas chose fort agréable ; pour une créature vivante. Et quand je pense que j'ai encore cinq longs mois à passer, avant d'aller trouver ma mère, cela redouble mon chagrin de n'avoir pu parler au fils d'Apollon. (*Elle reste un moment pensive.*)

ORPHÉE, *à part.*

C'est Proserpine. Quel bonheur! Je vais essayer de l'attendrir.

PROSERPINE.

Continuons nos recherches. Elles seront peut-être plus fructueuses. (*Elle veut sortir, et aperçoit Orphée.*) Eh! mais, je ne me trompe pas, c'est lui-même. (*Elle s'avance vers lui, d'un air gracieux.*)

ORPHÉE, *saluant avec courtoisie.*

Je remercie le hasard heureux qui me fait rencontrer ici, l'aimable Proserpine.

PROSERPINE.

Je ne suis pas moins flattée de voir l'illustre Orphée. Serait-il indiscret de lui demander ce qui l'amène en ces tristes lieux ?

ORPHÉE.

Hélas ! l'unique espoir qui m'attache encore à la vie. Vous savez de quelle façon cruelle Eurydice me fut ravie par l'impitoyable mort. Depuis ce temps, mon existence n'est qu'un long martyre. Enfin, ne pouvant plus le supporter, j'ai pris la résolution de venir moi-même, demander au fier Pluton, la permission de ramener Eurydice avec moi, sur la terre.

PROSERPINE.

Ah ! que me dites-vous ? Vous ne connaissez pas l'inflexible Pluton. Les larmes de ma mère n'ont point su l'émouvoir, et le grand Jupiter lui-même, serait impuissant à obtenir l'insigne privilège que vous venez solliciter.

ORPHÉE.

De grâce, n'abattez point mon courage. Laissez-moi espérer que votre époux ne sera pas insensible à ma douleur. Il se souviendra de l'étroite parenté qui nous unit et ne voudra pas me réduire au désespoir. D'ailleurs, votre bonté est connue dans l'Olympe. Ce n'est pas aujourd'hui que vous refuserez de vous intéresser en faveur d'un infortuné. Un mot de vous au fier Pluton et ma cause est gagnée.

PROSERPINE.

Je vous promets de vous appuyer de tout mon crédit. Je n'ai pas oublié que vous êtes de ma famille. Votre malheur est trop grand pour ne me pas toucher, et votre dévouement trop admirable pour rester sans récompense. Mais je ne vous cache pas que l'entreprise est difficile. Pluton tient à ses sujets avec un orgueil jaloux. Ah ! pourquoi avez-vous laissé sur la terre la lyre dont vous tirez de si divins accents ? Ils émeuvent les êtres inanimés ; ils auraient attendri ce cœur de bronze.

ORPHÉE.

La voici ; je n'ai eu garde de l'oublier. Elle m'a été d'un plus grand secours que l'égide de Minerve. Sans cette lyre harmonieuse, je n'aurais jamais pu pénétrer jusqu'ici. Mais quel est ce bruit ?

PROSERPINE.

C'est Pluton qui s'avance avec son cortége. Retirez-vous ; il est prudent de le préparer à vous recevoir. Je vous appellerai quand il en sera temps. (*Orphée sort.*)

SCÈNE III.

PROSERPINE, PLUTON, LES SOUCIS, LES SONGES.

PLUTON, *à Proserpine.*

Je vous cherchais, Madame. Un événement extraordinaire trouble tout mon empire. Caron vient de me dire qu'un audacieux mortel a osé s'introduire dans le séjour des ombres et y mettre tout en émoi. Sa présence m'a déjà causé le plus grand tort. Les Parques, transportées sans doute d'indignation, ont complètement oublié leur devoir. Clotho a abandonné sa quenouille ; le fuseau de Lachésis s'est arrêté entre ses doigts ; Atropos, ô rage ! Atropos a laissé ses ciseaux inactifs, et vous verrez, ce soir, par le petit nombre d'âmes que Mercure m'aménera, la perte immense que j'aurai faite. (*Après une pause.*) Vous vous taisez, Madame?

PROSERPINE.

C'est que dans tout ceci je ne vois rien que de très-naturel. Lorsque vous saurez que ce mortel est Orphée, vous conviendrez vous-même qu'il n'en peut être autrement.

PLUTON.

Orphée? Et que vient-il faire ici ? Tramer quelque conspiration contre moi et inspirer à mes sujets l'idée de renouveler la révolte des Titans?... Mais comment a-t-il pénétré dans mes états? Les fidèles gardiens qui en rendent l'entrée inaccessible, se seraient-ils laissé corrompre?... Dieux de l'Olympe! A qui se fier? *(A un Souci.)* Holà! Souci, allez quérir Minos. J'ai besoin de sa sagesse et de son expérience. *(Le Souci s'incline et sort. Pluton parcourt la scène avec agitation.)*

PROSERPINE.

Calmez-vous; il s'agit bien ici de conspiration! Le fils d'Apollon ne vient en ces lieux que pour redemander Eurydice. Je l'ai vu. Son malheur tout exceptionnel m'a émue. Quels vifs regrets il donne à sa charmante épouse! Et certes, ils sont bien justes. Si la Parque fut cruelle, ce fut surtout le jour où elle trancha le fil des jours de cette aimable nymphe.

PLUTON.

Elle n'a fait qu'obéir au Destin, dont les décrets sont immuables.

PROSERPINE.

Mais n'aurez-vous point pitié, vous, d'une aussi immense infortune?

PLUTON.

Je ne connais point la pitié. Mon empire serait bien peuplé, vraiment, si je devais écouter les raisons que les mortels apportent, pour entraver les tra-

vaux d'Atropos ; et je trouve Orphée plaisant de pré-
tendre me faire révoquer l'arrêt qui a condamné
Eurydice à la mort. On vient chez moi de trop mauvais gré, pour que j'en laisse sortir, lorsqu'on y est
entré.

PROSERPINE.

Vous pouvez bien faire une exception quand il s'a-
git d'un de vos parents. Orphée n'en doute pas; il croit
à votre affection et considère déjà sa cause, comme
gagnée.

PLUTON.

Et qui a pu lui inspirer une confiance si présomp-
tueuse ?

PROSERPINE.

Moi. J'ai promis pour vous.

PLUTON.

Vous avez eu grand tort. C'est abaisser ma Majesté, que de la contraindre à céder à un mortel qui
n'est qu'un sujet de mon frère. Je ne veux pas l'entendre.

PROSERPINE

Voyez-le seulement.

PLUTON.

Non.

PROSERPINE.

Oh, je vous en supplie !

PLUTON.

Non, vous dis-je.

PROSERPINE, *joignant les mains.*

Mais pour l'amour de moi ! Pourriez-vous contrister Proserpine.

PLUTON, *d'un ton gracieux.*

Jamais. Pour Proserpine, voyons-le donc.

PROSERPINE.

Ah ! quelle joie vous me causez et quelle reconnaissance mon cœur vous gardera pour une si grande bonté ! Je cours chercher Orphée. (*Elle sort.*)

PLUTON, *seul à part.*

Les femmes sont têtues, et pour avoir la paix, il faut toujours ployer.

SCÈNE IV.

PLUTON, MINOS.

MINOS *s'incline profondément.*

Vous m'avez appelé. Je viens en toute hâte.

PLUTON.

Approchez, cher Minos; il me faut vos conseils.
Un mortel téméraire, Orphée, trouble tout ici par sa
présence. Comment s'y trouve-t-il? Quel motif l'y
conduit? Je l'ignore. Mais, vous avouerez que de
graves raisons ont pu seules l'engager à affronter de
si grands périls. Je crains quelque complot. Que
vous en semble? Parlez.

MINOS.

Rassurez-vous. Vous reprendre Eurydice est le
seul but d'Orphée. Je m'en suis convaincu par moi-
même. Fiez-vous à Minos; il sait sonder les cœurs.

PLUTON.

Je n'en appellerai point à votre jugement. Je veux
être tranquille. Mais Orphée a pris là une peine bien
inutile. Pour satisfaire Proserpine, j'ai consenti à le
recevoir; ma complaisance se bornera à cette faveur.

MINOS, *à part*.

C'est ce que nous verrons. (*Haut.*) J'aurais pensé
que, pour un parent, vous dérogeriez à cette loi ri-
goureuse.

PLUTON.

Vous me connaissez mal.

MINOS.

Orphée, j'oserai le dire, me parait cependant mériter cette exception. Songez au désespoir auquel il
est en proie, depuis que le jour qui lui donnait Eurydice, la lui ravit pour toujours et qu'il vit la pompe
de son hyménée subitement changée en une pompe
funèbre. Sera-t-il jamais sort plus digne de compassion ? Et puisqu'un seul mot de votre bouche, peut
lui rendre le bonheur... Mais, le voici. Dois-je me
retirer ?

PLUTON.

Non, demeurez ; vous apprendrez si Pluton peut
être vaincu. (*Il va s'asseoir sur son trône et s'appuie
sur sa fourche.*)

SCÈNE V.

PLUTON, MINOS, ORPHÉE, PROSERPINE.

PROSERPINE, *s'approchant du trône.*

Seigneur, il y a quelques instants, vous avez gracieusement accédé à mes désirs. M'appuyant sur votre parole, je vous amène Orphée. Daignez, je vous en conjure, user envers lui de la même bienveillance et écouter favorablement sa requête.

PLUTON.

J'ai promis de le voir, mais non de l'entendre. Il peut se retirer.

PROSERPINE.

Que dites-vous? Est-ce ainsi que vous tenez votre promesse? Ne vous souvient-il plus, que vous avez juré à Proserpine de ne jamais la contrister? Ah! vous ne serez pas si cruel; vous ne serez pas sourd à la prière d'une épouse qui embrasse vos genoux. *(Elle se jette à ses pieds.)*

MINOS.

Me sera-t-il permis de joindre mes instances, à celles d'un avocat si aimable?

PLUTON, *à part, avec colère.*

A quoi sert d'être roi? (*Haut.*) Puisque vous le voulez, il faut vous satisfaire. (*Froidement.*) Approchez
donc, seigneur Orphée et soyez court.

ORPHÉE *chante en s'accompagnant sur sa lyre.*

1er Couplet.

Monarque de ces lieux,
Tu vois en ta présence,
Un mortel malheureux,
Mais rempli d'espérance.
Par un seul mot, tu peux
Terminer son supplice;
Pitié! dis : je le veux,
Reprends ton Eurydice.

PROSERPINE, MINOS, LES SOUCIS.

CHOEUR.

Rends-lui son Eurydice. (*Bis*)
Pitié!

PLUTON, *troublé, à part.*

Je ne me reconnais plus. Quel charme irrésistible!
Quoi donc? Pluton pourrait ressentir la pitié!

ORPHÉE.

2e Couplet.

Condamné par le sort
A la douleur cruelle,

Je n'attends que la mort.
Mais en vain je l'appelle.
Par un seul mot tu peux
Terminer mon supplice.
Pitié! entends mes vœux,
Rends-moi mon Eurydice!

LE CHOEUR.

Rends-lui son Eurydice [bis.].
Pitié!

PLUTON, *avec explosion*.

Tu m'as vaincu! Elle est à toi. Qui ne serait touché de tes divins accords?

LES SOUCIS, LES SONGES, MINOS.

Honneur au grand Pluton!

PROSERPINE.

Honneur à mon époux, il est digne de moi!

PLUTON.

Eh bien! charmant Orphée, vous gardez le silence?

ORPHÉE.

Souffrez que je me taise. La grande joie comme l'immense douleur ne peut trouver de termes capables de l'exprimer.

PLUTON.

Partez, mon cher Orphée, je ne veux pas retarder

l'instant qui doit vous réunir à l'objet de vos vœux.
Vous pouvez, sans danger, quitter ce ténébreux séjour. Eurydice suivra vos pas. J'y mets, toutefois,
une condition : c'est que, vous fiant à ma parole,
vous n'essayiez pas de vous assurer de son accom-
plissement. Je vous défends de retourner une seule
fois la tête, pour regarder votre épouse, avant d'être
revenu sur la terre.

ORPHÉE.

Il suffit, je le jure.

PLUTON, aux Songes.

Que les Songes heureux s'empressent d'avertir
Eurydice de la joie qui l'attend. (Les Songes heureux
sortent.) Et vous, sage Minos, conduisez mon neveu
jusqu'aux rives du Styx, et portez à Caron, l'ordre de
le laisser sortir librement de mon empire.

ORPHÉE.

Adieu, Seigneur. Orphée vous consacre à jamais
son cœur, pour garder le souvenir de votre générosité incomparable et sa lyre, pour la chanter à l'univers.

SCÈNE VI.

Le théâtre représente les limites de l'enfer.

DEUXIÈME TABLEAU.

ORPHÉE, *suivi de loin par Eurydice enveloppée d'un long voile.*

ORPHÉE, *avec transport, montrant la limite.*

Plus qu'un instant ; elle est à moi. (*Il s'arrête et met la main sur son cœur*). Je ne puis résister à mon impatience. Seulement un regard. (*Il détourne la tête et voit Eurydice.*)

EURYDICE, *disparaissant dans la coulisse.*

Ah !... Qu'as-tu fait ?

ORPHÉE, *s'élançant vers elle.*

Eurydice ! Eurydice ! (*Il revient sur le devant de la scène.*) Elle s'est évanouie ! [*Tendant les bras vers la coulisse.*] O mon bonheur ! adieu !! (*Il se couvre le visage de ses mains, et reste un moment attéré.*) Ah ! malheureux Orphée ! Est-il, dans l'univers, infortune semblable à la mienne ? De quel nom l'appeler ? Pour moi, plus d'avenir. (*Il se promène sur la scène avec agitation.*) Venez, douleur cruelle, tristesse, sombre désespoir ; partagez-vous désormais, le reste d'une vie que j'abhorre. Venez, remords cuisants, répétez-moi sans cesse que c'est moi seul qui suis la cause de mon malheur. Détestable impatience, qui, dans un instant, a détruit le fruit de tant de travaux, par quel châtiment assez grand te pourrai-je expier? Ah! je le sais, je parcourrai la terre pour raconter à tous ma faute irréparable. Qu'elle enseigne aux humains que leur principale étude doit être d'apprendre à vaincre l'impétuosité de leurs penchants et à courber leur volonté sous la loi du devoir. Il n'est qu'un vrai courage, qu'une victoire profitable, c'est celle que l'on sait remporter sur soi-même.

FIN.

www.ingramcontent.com/pod-product-compliance
Lightning Source LLC
Chambersburg PA
CBHW070457030726
47503CB00004B/1085